光文社文庫

長編推理小説

殺人行おくのほそ道（上）

松本清張プレミアム・ミステリー

松本清張

JN180248

光　文　社

目次

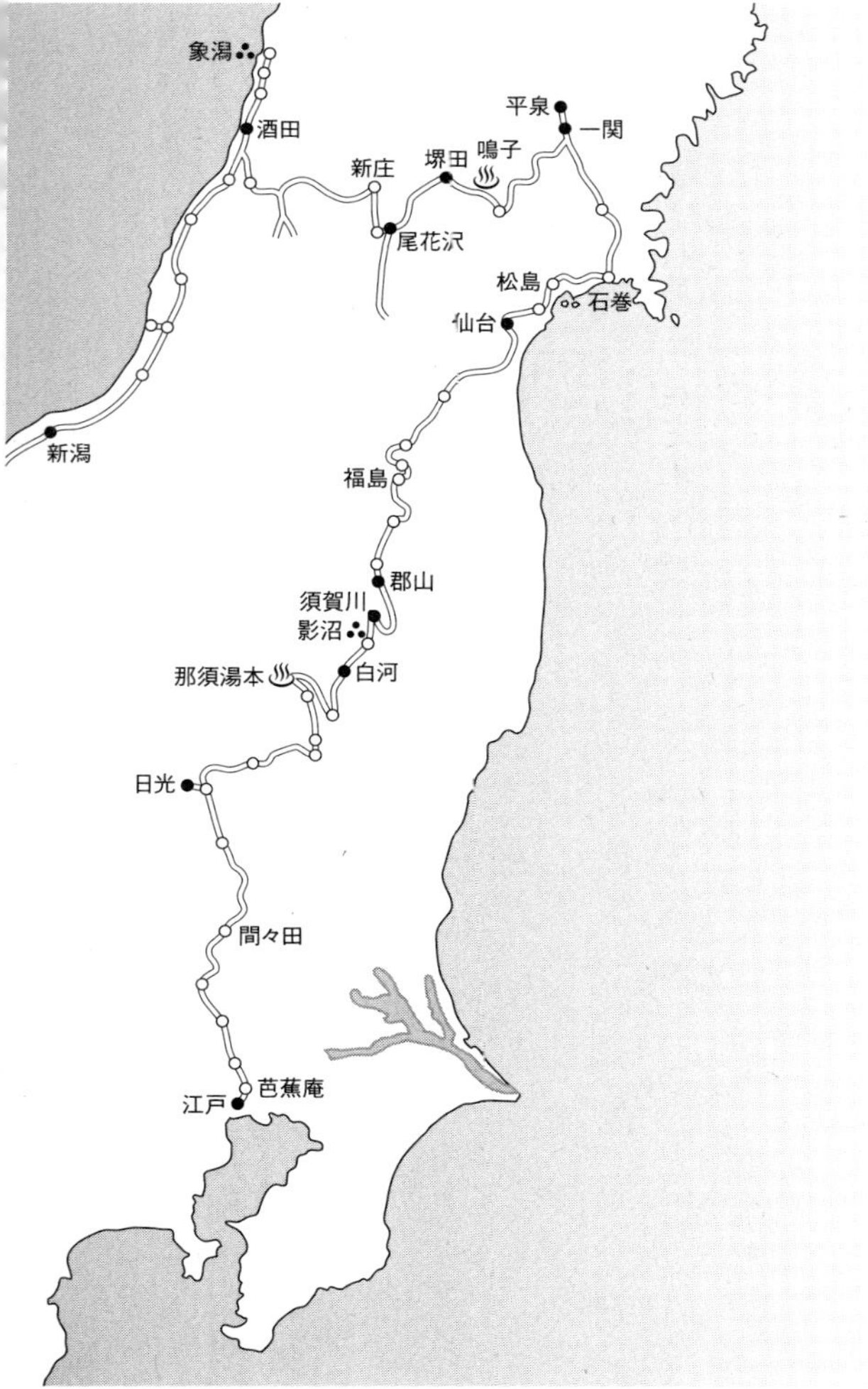

象潟
酒田
平泉
一関
新庄
堺田
鳴子
尾花沢
松島
石巻
仙台
新潟
福島
郡山
須賀川
影沼
那須湯本
白河
日光
間々田
芭蕉庵
江戸

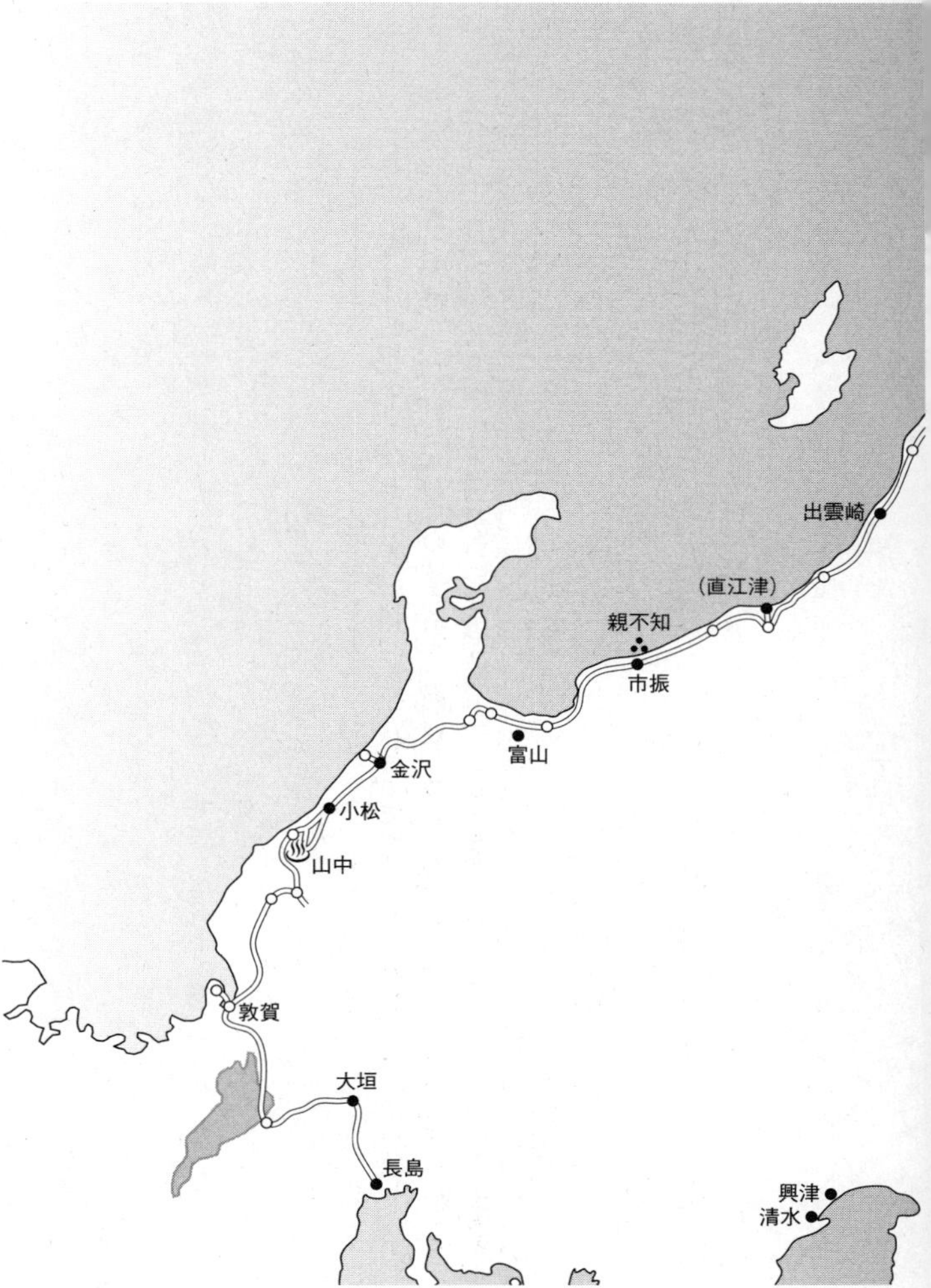
出雲崎
(直江津)
親不知
市振
富山
金沢
小松
山中
敦賀
大垣
長島
興津
清水

この小説は、昭和三十九年七月から昭和四十年八月まで雑誌「ヤングレディ」に連載した小説「風炎」である。終始『おくのほそ道』に関連しているので、今回、単行本にするにあたり、『殺人行　おくのほそ道』がいいと思うので、これに改題した。

——著者

殺人行おくのほそ道(上)

1

倉田麻佐子に一つの記憶がある。――

彼女がまだ大学の二年生だったから、今から五年前に当る。叔父の芦名信雄といっしょに仙台から山形を回ったことがあった。あれは懐しい旅だった。

「麻佐子」

渋谷の家に遊びに行ったとき叔父は云った。

「来月は飛び石連休があるね」

五月の初めは暦の上でそうなっている。

「何か予定があるかい？」

信雄は癖の、すぼめるような眼つきをした。長身だが痩せていた。年齢より老けて見えるのも丈夫でない証拠である。

「別に決めてないけど」

そのゴールデン・ウイークは麻佐子も年の初めから楽しみにしていた。その年の五月は祭日と日曜とが一日おきにあり、これに土曜日が加わっている。

「もうとっくに決っているかと思った」

麻佐子は、前から、その連休をどう埋めようかと考えてないではなかった。むしろ思案に過ぎて、決らなかったといえる。多勢の友だちと相談したのがいけなかったのかもしれない。衆議まちまちで、結局、宙ぶらりんの恰好になっていた。

「決ってなかったら、どうだ、叔父さんと久しぶりに旅に出かけてみるかい？」

「旅ですって？」

この叔父が旅行に出るなどとは考えてみたこともなかった。

「素敵だわ。でも、大丈夫なの？」

「何が」

「そんなお弱い身体で」

「こら、年寄を軽蔑するな。これでも君の歩けるぐらいのところは歩けるよ」

「まあ、うれしい。旅もだけれど、叔父さま、元気になられてうれしいわ」

信雄は日向の明るい縁側に坐って、庭の一方を眺めていた。植込みの竹には四月半ばの明るい陽が当り、葉の隙間から青い空がこぼれていた。眼は愉しそうであった。

「どこに参りますの？」

「芭蕉の『おくのほそ道』はどうだ？」

麻佐子は信雄の顔をみつめた。

「芭蕉ですか。叔父さまらしい趣味だけど……田舎歩きね」

「むろん、田舎さ。だが、五月の初めだというと、恰度、芭蕉が金色堂《こんじきどう》から奥羽山脈を越えて山形に出た頃だ」

「五月雨をあつめて早し最上川、ですか」

「昔の暦と今の暦とはもちろん違っている。季節的にはもう少し先になるだろうが、五月と呼ぶことには変りはない」

「平泉の中尊寺《ちゆうそんじ》に行くんですか？」

麻佐子は眼を輝かした。

「むろん、松島を端折ってでも中尊寺の光堂《ひかりどう》を拝観せねばなるまい。そうだ、長い旅だとわたしも飽いてくる。いっそ平泉を起点にしたらどうだろうね」

「すてき」

麻佐子は両指を組み合わせた。

「叔母さまもごいっしょでしょうね？」

「いや、あれは無理だろう。今度は麻佐子と二人で行きたい」

「叔母さま、ごいっしょ出来ないの？　つまらないわ」

麻佐子は叔母の隆子が好きだった。叔父とは一回りだから十二歳違いの三十九だが、叔父が老けているのに比べ叔母は若く見えるからもっと年齢の開きがあるようであった。色が白くて上品な顔立ちで、殊に着物で立っている叔母をうしろから見るのが一ばん好ましい。小さいときは、この叔母を持っているのが麻佐子の自慢だった。ときたま友だちを呼んで、わざわざ叔母を見せたものである。友だちは麻佐子の期待にたがわず、まず口々に叔母を賞めた。

「麻佐子といっしょに短かい旅に出るのは何年ぶりかな。そうだ、あれは君が小学二年生の頃だったかな。ぼくが手を引いて汽車に乗せ、軽井沢まで行ったことがあったな」

麻佐子もそれはおぼえている。その夏休みに叔父の別荘に行った。それは旅というのではなく、その別荘で待っている叔母を訪ねたのである。あのときは向うに叔母がいたから楽しかった。

「叔母さま、どうしてごいっしょ出来ないの？」

「彼女は忙しいからね」

叔父の口吻は、気のせいか少し寂しそうだった。

隆子は都心に洋裁店を経営していた。かなり大きく、デザイナーが三人いて、縫子さんも十五人ぐらいいた。

叔母の隆子には、そういう経営の才があった。デザインのほうは最初自分でやっていたが、あとは腕のいいデザイナーを招き、これがうまく当った。個人経営だが、一応、会社組織にしている。叔父が社長で、叔母は専務だった。

隆子は上野駅まで、叔父と麻佐子とを見送ってくれた。おそい夜行列車なので、一晩、車中に睡るのだ。叔母は、サンドウイッチだの、チョコレートだの、ジュースだのを洒落た籠にいっぱい詰めて持ってきた。

「麻佐子さん、叔父さまの看護婦さんになったつもりで行ってね」

窓の外の笑顔もきれいなのである。事実、その近くで見送っている人たちが隆子の姿を見返っていた。春の終りから初夏にかけての女の服装は一変する。隆子は白っぽい着物に銹朱《さびしゅ》の綴帯《つづれおび》を締めていた。これがたまらなく上品で似合っていた。

麻佐子が、叔父さまは引受けましたと言うと、信雄は怒りだした。ばかにするなと云うのである。だが、汽車が動きだすと、叔父の眼は妻にいつまでも流れていた。叔父さまは叔母さまが心から好きなのだと思った。麻佐子には、この情景が幸福な思い出として残っている。

一ノ関駅に着いたのは朝の六時という早さだった。駅前の宿で休み、それから車を傭って平泉に向った。あいにくと空が曇り、うす暗い景色だった。

「恰度いい。芭蕉もこんな時期だったのだろう」

信雄は車の中から空を見上げた。

金色堂では高い石段を信雄はわりと平気で登った。杉並木が印象的で、その根かたに一度だけ彼は休んだ。

「叔父さま、麻佐子と二人づれではつまらないでしょ？」

明るい揶揄《からか》いだったが、やはり隆子のいないことは叔父には寂しいに違いなかった。

「そうでもないよ」

信雄は眼尻に微笑の皺をみせ、根から腰をあげた。持っている杖は、石段にかかる前に土産物屋で買求めた。

山鳥が杉の葉の間から飛び出して行った。

途中の、弁慶堂《べんけいどう》という小さな建物の前で寺僧に出遇った。叔父はものを訊いていた。親切な坊さんで、わざわざ上まで案内してくれた。麻佐子は、携えてきた文庫本の『おくのほそ道』を小休止のたびにのぞく。

「兼ねて耳驚かしたる二堂開帳す。経堂は三将の像をのこし、光堂は三代の棺を納め、三尊の仏を安置す。七宝散りうせて珠の扉風にやぶれ、金の柱霜雪に朽ちて、既に頽廃空虚の叢と成るべきを、四面新に囲みて、甍を覆うて風雨を凌ぐ。暫時千歳の記念とはなれり。

五月雨の降りのこしてや光堂」

信雄と麻佐子は金色堂に入って、その内陣の仏像や、螺鈿《らでん》細工などを眺めた。だが、藤原三代の栄華を放った金色は見られず、歴史の重みが、剝げた仏像の黒漆や、内陣の格天井、円柱、長押の剝落した絵の具の跡に落ちかかっていた。

「さあ、これからいよいよ山形越えだね」

弁慶の墓、無量光院《むりょうこういん》跡、観自在《かんじざい》王院跡などの標示板や毛越寺《もうつじ》のある丘を下りて、車に乗った信雄は云った。

「山形へ直行するんですか？」

「そんな顔つきをしなくてもいい。せっかく『おくのほそ道』を辿るのだ。ゆっくりと歩こう」

「芭蕉は尾花沢《おばなざわ》というところで紅花《べにばな》でつくる紅《べに》の製造元に泊っていますわね」

「うむ。きみは試験勉強してきた甲斐があるね。あそこには鈴木八右衛門といって紅花を売買する豪商がいた。これが清風といって俳人でね。芭蕉はそこを頼って行き、句会を催してもらっている」

「そんな豪商なんかはどうでもいいわ。わたくし、その紅花というのにとても惹かれるの。辞典で調べてきたんですけれど、花が咲くのはもう少し先なんですって」

「昔は、その花から口紅などの顔料を取ったものだ。

　まゆはき（眉掃き）を俤《おもかげ》にして紅粉《べに》の花
芭蕉の句だ。今ではすっかり化学製品に押されて駄目になってるらしいがね」

「でも、見たいわ。どんな植物だか。紅花なんてとてもロマンチックなんですもの」

「あるかどうかな。まあ、標本程度には作ってるのかもしれない」

山が近く、古い農家の集落をときどき過ぎた。

「芭蕉は、この道を歩いたんでしょうか」

「昔の旧道と、今の新道とはもちろん違うので、なんとも云えない。なあ、運転手さん、どうだい？」

信雄は上機嫌でそんなことを訊いたりした。

「じゃ、叔父さま、今夜、その尾花沢に泊るんですか？」

「尾花沢には、適当な旅館はないだろう」

「じゃ、やっぱり山形なの？　わたくし、地図で見たら、その近くに天童温泉というのがあったから、そこになさるかと思ったわ」

「いま云ったばかりじゃないか。われわれは『おくのほそ道』を辿ろうとしている。ほら、芭蕉は光堂から一ノ関に戻って、どういうふうに歩いたね？」

麻佐子は文庫本の活字に見入った。中尊寺に詣った芭蕉は、盛岡街道を引返し、岩手の里に一泊し、翌日は小黒崎《おぐろさき》、みづの小島などというところを過ぎ、鳴子《なるこ》の湯より尿前《しとまえ》の関にかかって出羽《でわ》の国に越えようとした。ところが、この道は旅人も稀なところだったので関守に怪しまれ、やっとのことで関越えをした。そこを通ったときは日がすでに昏れていたので、関守の家を見かけて宿を借りた。折悪しく風雨となり、仕方なく山中のその家に逗留した。

ここで芭蕉は「蚤虱馬の尿する枕もと」の句をものしている。

「今夜は、その鳴子温泉に泊るよ」

叔父は云った。

「でも、なんだか中途はんぱなようですわ」

時計は三時近くになっている。

「まあ、ゆっくりと行こう。二泊三日がわれわれの予定だからね」

信雄が云ったのは、芭蕉の旅どおりに酒田に出て越後《えちご》路へ入るのはとても無理だったからである。麻佐子の飛び石連休という制限もあったが、一つは信雄自身の健康のせいであった。

鳴子温泉は荒雄川《あらおがわ》に沿った坂道に町が出来ている。

さすがは湯の里で家のうしろから白い煙が上っていたりした。入った旅館は陸羽荘というのだった。駅は道より低く、宿は道より高かった。

麻佐子が風呂から出ると、先に浴びた叔父は宿の浴衣一つで縁側の籐椅子にかけていた。

「あいにくの天気だな」

まだ霽《は》れない空を見ている信雄は麻佐子を見返った。

そのとき麻佐子に向けた叔父の眼は、ちょっと異様なものを見たように光った。

その視線の意味がその場では分らなかった。

「だが、幸運かもしれないな」

信雄は顔をもとに戻して云った。

「あら、お天気が悪くて仕合わせなんですの？」

麻佐子は手摺に手拭をかけた。

「うむ」

信雄は、その癖になっている片方の眼をすぼめるようにし、指先に煙草を挟んでいた。

「芭蕉と、随行の曽良《そら》とが歩いたときもやっぱり、こんな天気だったんだろう。山越えするときに風雨に遇ってるからね」

「そうでしたわ。なんですか、そこで変な句を作ってるわね」

「若い女性には不潔とみえるな」

叔父は笑った。

「蚤、虱に悩まされながら、馬の尿が枕もとに聞える場所に寝かされたんだ。だが、この句ほど当時の百姓家を表現してるものはないね」

「少々リアルだわ」

「リアルの中に詩がある」

彼は麻佐子の言葉を訂正した。

「旅人の哀しさかしら」

「昔の俳諧師はみんなそうだったのだ」

信雄は自分の意見を下した。

「芭蕉はまだいいほうさ。とにかく江戸では名が通っていたし、地方から江戸に来る人の口伝えもあって、その名は地方在住の俳人に知られていたに違いないからね。それに弟子もいた。だが、ほかの俳諧師の旅となると、ほとんど乞食同然さ。自作の句を短冊に書き、それを扇子に載せて土地の俳人の門口に立ったものだ」

「へえ、そんなことをしたんですか」

「それでいくらかの金を貰ったり、あわよくば宿を借りたりしたのさ。だが、そんな甘いことはいつまでもつづかない。江戸を食いつめた俳人たちが旅にだんだん多く出るようになったからね。そういう旅俳諧師は門前払いを喰って苦労したにちがいないさ」

「さすがに芭蕉はどの土地でも歓待されていますわね」

「ところが、そうでもないよ。ほら、さっき紅花の話が出たね」

「ええ。……明日、その紅花が見られるかもしれないと思うと、うれしくなっちゃうわ」

「現代の娘は」

と、叔父はしかつめらしい顔をした。

「そんな夢を持っているが、昔は、その紅花で尾花沢の鈴木清風が産を成した。ところが、芭蕉はその鈴木家に泊ってはいるけれど、冷淡な仕打ちを受けている」

「あら、それは違うわ。わたし、大急ぎで本で勉強してきたんだけれど、ずいぶん歓待されてるじゃないの」

「表向きはね。だが、俳諧師の最上の待遇は、その土地で句会を開くことだ。当時の言葉で云えば、彼を主賓に俳諧を巻くことだね。鈴木という問屋さんの旦那は、たしかに芭蕉のために句会も開いている。また手厚いもてなしもしている。芭蕉は、その『おくのほそ道』に感謝の言葉を書いているし、そう曽良も随行日記に記している。だが、芭蕉が泊ったのは紅花と養蚕の収穫期で、鈴木清風は一度も句会に姿を出していない」

「あら、そうだったかしら」

「そらみろ、まだ勉強が足りないな。当主の清風は芭蕉の附き合いに、自分のところで居候のようにして抱えていた素英という男を身代りに出しているだけだ。これは芭蕉にとって屈辱だったに違いない。芭蕉のあの感謝の文章は、取りようによっては清風に対する皮肉かもしれない」

「叔父さまの説が本当だとすると、紅花のご主人もずいぶんひどいことをしたものね」

「それが当り前なのさ。実業家というものは非情に出来ている」

この言葉が麻佐子に妙に残っている。それは紅花というロマンの響きをもったイメージと不調和だったせいかもしれない。

そこに宿の半纏を着た番頭が来て閾際に膝を折った。

「あいにくのお天気でございますね」

「やあ」

信雄は振り返った。

「だが、降らないだけにまだましさ」

事実、向い側の山の上は低い雲に隠れている。山の斜面には水力発電所のパイプが匍い下りていた。

「お嬢さまも退屈でございましょう」

番頭はお愛想を云った。

「まだ昏れるのに間があるね。番頭さん、この辺でどこか見るところがありますか？」

「左様でございますね、この発電所のある山の向うに行きますと、鬼首《おにこうべ》という高原がございます。鄙びた温泉もございますが、若い人はそこまでハイキングにいらっしゃるようで……」

「だいぶんかかりますの？」

麻佐子がそばから口を出した。

「車で四十分ぐらいでしょうか。でも、今日のようなお天気だと少し寒いかも分りませんね」

「どっちにしても年寄には向かないな」

叔父は苦笑した。

「それよりも、番頭さん、尿前《しとまえ》というのは、この近くだろう？」

「へえ、芭蕉のあれでございますか」

番頭はさすがに知っていた。

「尿前なら、車でも十分ぐらいでございます」

信雄は、そこでやっと籐椅子から起ち上った。

「麻佐子、行ってみるかね？」

そのとき、叔父は麻佐子の顔に、また、さっきと同じような眼の表情を瞬間に向けた。

2

信雄が尿前に行こうといった意味は、芭蕉の「不潔な句」に関係があった。

蚤虱馬の尿する枕もと
これが「若い女には少々汚ならしくみえるだろうね」と、叔父が麻佐子の気持を忖度して云った句だ。だが、麻佐子は必ずしもそうは思っていない。この句には旅の苦労が滲み出ている。鳴子から奥羽山脈を越して山形方面に出る当時の旧街道も眼におさめておきたかった。

宿で近くのタクシーを呼んでくれた。

玄関でさっきの女中が見送った。

運転手は三十六、七くらいの背の高い男で、ドアをあけて待っていた。

信雄は麻佐子のあとから乗りこんで、

「尿前まで行ってくれるかね」

と、運転手の背中に話しかけた。

運転手が振り返って、

「尿前のどちらですか？」

と訊き返したが、どこかを訪問すると思ったらしかった。

「芭蕉が泊った所があるそうだが」

「尿前にはその句が残っていますが、もう一つ離れた所にも芭蕉が泊ったという家があります。いま、両方で本家争いをしていますがね」

さすがに土地の者だけに、そのへんの事情は分っていた。

「どこにもありそうな話だな」

本家争いは珍しいことではない。

「もう一軒というのは大ぶん離れてるのかね？」

「尿前から車で四十分ぐらいかかるでしょう。堺田《さかいだ》という所なんですが、そこは山形県になります」

その名前は、たしかに『おくのほそ道』の註釈書に出ていて、麻佐子に記憶があった。

「じゃ、そっちのほうは時間があれば行くとして、さきに尿前のほうにやってもらおうか」

「わかりました」

運転手はハンドルを握る前にバックミラーの位置を直した。

バックミラーを直すのは後続車がよく見えるようにするためだが、客が乗ってから位置を変えるのは座席の人物を確めやすくするのだ。事実、麻佐子の眼に運転手の顔の半分がのぞいたり、消えたりした。そのぶんだけ運転手からも麻佐子の顔が見えるわけである。

若い女が車に乗ったので、ひとつ顔を見てやろうというしぐさは、東京のタクシーでもたびたび経験する。田舎でも同じように無作法な運転手がいると思った。麻佐子は、なるべく窓際に顔を寄せてバックミラーから見られるのを避けるようにした。

信雄は、そんなことには無頓着で坂道にせり上った鳴子の町なみに見入っていた。長い通りが過ぎると、道は山道にかかった。一方が川を見下ろす斜面になっていて展望がひらける。

「お客さん」

運転手が車の速度を落した。

「あれが昔の旧街道です」

叔父は座席から身体を乗り出した。その道は川の向うについていて、ずっと狭まったところに橋がある。

「よくは知りませんが、その辺の川に渡があったそうです」

その橋を渡ったところからまた旧街道がはじまっている。

「こうして見ると、今の道と昔の道とは、はっきりと分るね」

しばらく進むと道は二つに岐れ、小さい方が本道からはずれて下りになっている。その分岐点に、

「尿前関址」

と道標が立っていた。

その道を下って五十メートルくらいの所で、車を降りてみると、関址には鳥居の恰好をした樹がぽつんと立っていた。奥に句碑が建立されていた。むろん、例の句である。

「碑のうしろに道がついていますが、それが旧街道なんですよ」

説明を聞かないと道だとは分らない。人の踏み跡と思えそうな小さな径だった。その先は急な斜面を這い上っている。あたりは木立が深かった。

「さっきの渡から上ると、この道になるんだな」

信雄はくるりとうしろを向いた。

そこは、この径のつづきが緩やかな下りになっていて、先のほうに四、五軒の農家がかたまっていた。農家の庭のような所に旧道の跡が残っているのである。

「ずいぶん心細い道ね」

麻佐子が云うと、運転手が話しかけてきた。

「お嬢さん、昔の道はたいていこんなものですよ」

「そうなんだ。殊にここは裏街道だからね。貧弱なものだ。表街道の東海道だって幅は三メートルそこそこしかないんだからな」

信雄が引取って、

「少し、その農家のほうまでぶらぶらしてみるか」

と、歩き出した。

「運転手さん、そこで待っていてくれ」

車を停めたところから川の近くまでの道を辿るには、ほぼ二百メートルほど歩まねばならない。

先ほど見た農家の近くに来た。家はかなり古いが、もちろん江戸時代の形式を踏襲したものではなかった。

「ほう、石垣があるね」

と、信雄は自然石の積んである一部に眼を止めた。

「ここが関所だとすると、この石垣は柵の趾かもしれないね」

彼は、その傍まで近寄っていた。

農家の庭先に雑種らしいシェパードがつながれていたが、声高く吠えた。

「よし、よし」

信雄はそこから犬をなだめるようにして石垣の前に進み、しゃがんで石の苔の具合などを見た。

犬はいよいよ高く彼に吠えつづけた。

その声を聞きつけたのか、農家の庭先の障子があいた。道といってもこの家の庭の中になっている。障子をあけてのぞいたのは男の顔だったが、とうとう縁先まで出て来た。

麻佐子は、仕方がないのでその人に軽くお辞儀をした。自分では黙って他人の庭に侵入したのを謝っているつもりだった。

よごれたセーターにカーキ色のズボンを穿いている四十二、三のがっしりした体格の男だったが、初めは、この家の当主かと思えた。服装も農夫と同じなのである。

「叔父さま」

麻佐子は小さく云った。

「早く向うに行きましょうよ。他人の庭になっているから、なんだか悪いみたいだわ」

男は下駄を穿いている。だから、今日は野良の仕事を休んでいるようにみえた。彼は二人を見ていたが、やはり若い女に興味があるのか、主に麻佐子に視線を当てていた。それが横を向いている彼女にもよく分った。

「やあ、この石垣は古いんですね」

と、信雄は挨拶代りに気楽に彼に声をかけた。

「そうですな」

近づいたその男はこっちの風采を見て、

「どちらからおいでになりました？」

と訊いた。太い、しゃがれた声だった。

「東京の者ですがね。そこの鳴子に来たついでにここを見せてもらいに寄りましたよ」

「はあ、そうですか」

「なんでしょうな、わたしたちのようにときどきここへやって来る人があるでしょうね？」

「そうでもないがね」

男は叔父に答えて、まだ麻佐子を無遠慮に眺めていた。五分刈りの頭で、箱のような感じの身体つきをしていた。眉はうすいが、眼が大きかった。口のあたりは不精髭で黒くなっていた。その大きな眼が麻佐子をじろじろと眺めているのだ。

「どうもお邪魔をしました」

信雄もその無遠慮な農夫の視線に気がついたか、麻佐子を促して川のほうへ歩いた。

「どうも田舎の人は、見かけない人間がくると物珍らしいんだな」

彼は歩き出して云った。

「あれで自分では無作法と思っていないんでしょうね。やっぱりセンスが違いますわね」

麻佐子もあまり愉快でなかった。

「それは仕方がないさ。田舎の人にはそれだけ気取りがないからね」

歩きながら、麻佐子は、さっき宿で信雄が何かおどろいたような眼で自分を見たことを思い出した。

そのことを云うと、叔父は笑い出した。

「麻佐子はだんだん隆子に似てきたな。あれの若いときそっくりだ」

とその理由をうち明けた。

「とんでもないわ。叔母さまのほうがずっときれいだったでしょ」

「よく見るといくらかは違うが、感じとしてはあれの若いころと瓜二つだ」

「それは結婚なすったときですか？」

「まあ、その辺だ」

と云ったが、麻佐子は、この叔父が熱心な求婚だったことを母から聞かされていた。

隆子は、麻佐子の母より六つ下になる。

姉妹といっても、母は隆子に似ていなかったが、違った顔の姉の子が妹にそっくりだというのは、何か潜在している血の因子のようなもののせいとも思われた。

（わたしに似てなくてよかった。隆子さんに似ているなら申し分ないわ）
母も他人から麻佐子と隆子の似ていることを聞かされ、家に帰るとそんなことをよく云った。

芦名信雄の家は、九州の旧大名だった。大名といっても三万石以下である。この辺には小さな大名がいくつも割拠していた。

信雄の芦名家は戦前までは子爵家だったが、信雄の父の代に終戦によって華族が廃止された。

芦名家は戦国時代に信州にいた豪族だが、江戸時代になって九州豊後《ぶんご》に移された。何代もつづいている間に芦名家も分家から分家が派生し、系図を辿らないと互いの関係が分らなくなっている。

隆子の家が家老のような立場で藩主に仕えていたのは江戸の中期ごろらしく、以来、明治維新まで、その関係がつづいていた。

彼は隆子を見染めて結婚した。麻佐子の母はそのすぐ上の姉である。

川を眺め終った叔父の信雄に従いて麻佐子が元のほうに引返すと、タクシーの運転手は車の横で一人の男と話をしていた。それがさっき犬の鳴き声で出てきた百姓家の男である。二人は親しいらしく、煙草を吸い合っていたが、信雄と麻佐子が戻ってくる姿を見て、農夫は下駄の下で煙草を揉み消した。

「あの人たちは知り合いなのね」

麻佐子は、そこに行くまでには距離があったので、歩きながら信雄に云った。

「小さな町だからな。たいていの人は知り合いにならんわけにはいくまい」

叔父はゆっくりと坂道を上っていた。

「なんだか感じの悪い人たちだわ」

タクシーの運転手もわざわざバックミラーを直したし、ずんぐりとしたカーキ色のズボンの男もこちらから会釈したのにろくに挨拶もしなかった。

「この辺の人は無愛想らしいな」

「いくら田舎の人でも、もう少し愛嬌がほしいわ」

「そういう器用なことはできないんだな。なに、朴訥でかえっていいよ」

歩いているうちに、向うでは農夫のほうから運転手の傍を離れた。見ていると、こっちにはこないで、句碑を回って径を木立のほうへ用ありげに上っている。

「お待たせした」

ドアに戻って叔父が云った。

「運転手さん、まだ陽があるようだから、その堺田というところに行ってもらおうかね」

「わかりました」

車は元の道に引返し、二股のところに出ると、広い道路を進んだ。傍の暗い木立の中には白い花が咲いていた。

しばらく行くと、運転手が橋のところで車を停めた。

「お客さん、降りてみますか？　この辺は鳴子峡といって景色のいいところです」

叔父の信雄は窓をのぞいた。

「断崖絶壁だね」

麻佐子を振り向いた。

「降りてみるか？」

「ええ」

橋を中ほどまで渡って下を見ると、気が変になって吸込まれるようなはるか底に渓流が流れていた。その岸から巌がいくつもの集塊で見上げるばかりに立っている。巌の頂上には松が生え、陽が当っていた。下は流れの泡が僅かに白く見える程度の暗さだった。

「これはいい所だ」

信雄は賞めた。

「まるで耶馬渓《やばけい》のようだな」

叔父は旧領地をよく歩いていた。麻佐子はついぞまだ九州を訪れたことはなかった。

「耶馬渓もこんなんですか？」

「ああ、向うのほうがもっと規模が大きいがね。そうだ、一度連れて行かなければなるまいね」

「今度は叔母さまもいっしょでしょ？」

「よく叔母さんにこだわる子だな」

「あら、叔父さまだってまんざらでもないでしょ」

「だいぶん大人ぶった口を利くようになったな」

だが、叔父はまんざらでもないような顔つきだった。

渓流には赤い小橋も見えた。

「この鳴子峡を歩いて回れるように、小さな路がついています」

と、いつの間にか運転手が横に歩いて来ていた。

「秋になると、この辺も紅葉するんだろうな？」

「そりゃ、もう、見物人で道が蟻のつづくようです。前にも進めないくらいです」

「一度、秋に来てみたいものだな」

「お客さんは東京の方らしいですが、どちらですか？」

珍らしく運転手が愛嬌めいた口を利いた。

「東京は渋谷のほうだ。……君も東京にいたことがあるのかい？」

「向うに二年ばかりいたことがありますよ。渋谷にもたびたび行っています。お客さんはやっぱり、あんな賑やかなところですか？」

「いや、それより少しはずれたところだがね」

「町の名前はなんというんです？」

「町の名か」

と、叔父は少しためらっていたが、

「松濤《しょうとう》というところだがね」

運転手は、ショウトウと呟いてみたが、どうやら知らないようだった。

「運転手さん、では大急ぎで堺田というところに行ってもらおうか。だんだん昏れてくるからね」

事実、落日は刻々断崖の絶壁を這い下りつつあった。背景の山はすでに暮色の中に沈みかけている。

車に戻って、また出発した。橋を渡ると、両側の寂しい山がつづく。松林の中に会社の療養所の看板が立っていたりした。

「お客さん」

運転手が突然云った。

「お嬢さんはお客さんの姪御さんですか？」

ここまではまだよかった。

「奥さんのほうの姪御さんですか？」

立入りすぎた質問になった。

叔父は、さすがにむっとして、黙っていた。

3

堺田というところにそのタクシーで行った。芭蕉が「日既に暮れければ、封人の家を見かけて舎を求む。三日風雨あれて、よしなき山中に逗留す」とある址を見た。封人とは関守のことだ。

叔父の信雄と麻佐子とは、その農家の前に佇んだが、ここにも「蚤虱……」の句碑が立っている。

「ずいぶん大きな家ですわね」

麻佐子は藁の大屋根を見上げて云ったが、タクシーの運転手の態度が不愉快だったので、気分を変えたかった。

「ちょいと中を見せてもらおうか」

門から中庭を歩いて叔父は、ご免なさい、と声をかけた。中から老婆が顔をのぞかせた。訪問の趣旨を云うと、そういう客はたびたびくるとみえて馴れた表情で、どうぞ、と云った。

古い農具などがかけてある入口を入ると、眼が闇に落ちこんだようになった。馴れるまでは、この暗い土間の様子が分らない。

その土間を境に左側にうす暗い座敷があった。右側の馬小屋では羽目板を蹴る音がしていた。臭気が漂ってくる。

「なるほど、これなら芭蕉の句にそっくりだな」

叔父が小屋をのぞくと、寝藁を踏んで馬がつながれていた。土間には大きな土竈が据えてあり、その左横は上り框になって座敷につづく。つまり、座敷と馬小屋との間は土間の幅だけ隔てられているのみで、「馬の尿する枕もと」の実感がそのまま眼前にあった。

天井には真黒な太い梁が這って、煤が群っていた。老婆は囲炉裡の傍に坐って湯呑を拭いていた。二人に茶でも出すつもりらしい。

「どうも、ありがとう」

信雄はそこから老婆に声をかけた。

「おや、もうお帰りですか？　お茶など一杯呑んで行って下さい」

老婆は引き止めた。

「いや、お邪魔になりそうですから、もう結構です」

戸口に出ると、門前の道路にはタクシーの傍で、あの運転手がこちらをじっと見ていた。

「叔父さま、あまり愉快でない運転手ですわね」

麻佐子は、またその車に乗って帰るのだと思うと、思わずそれが声になった。

「うむ、少々ぶしつけな奴だな」

信雄も今度は麻佐子をたしなめなかった。ここへくる途中、運転手は叔父に、無遠慮なことを訊いた。神経が太いといっても、あまりに立入りすぎる態度だった。だが、ほかに車の無い場所だからどうしようもない。二人は仕方なしにまた座席に入った。

「真直ぐに旅館に帰りますか？」

頑丈な肩の運転手は訊く。

「ああ」

信雄は言葉少なだった。

「もう一つ見物するところがあるんですがね」

運転手は背中越しに云ったが、叔父はもう返事をしなかった。

「さっき橋を渡りましたね、お客さん。あの手前に温泉の湯熱で栽培している熱帯植物園があるんです。この辺では珍らしいので評判になってますよ」

運転手はこっちの感情にかかわりなくしゃべっていた。

「南国だと珍らしくないだろうが、こっちのほうではそういう設備がないのでね。雪の積っている季節にバナナがたわわに成っているからお客さんに喜ばれます。どうですか、お寄りになりますか？」

「いや、真直ぐに帰ってもらおう」

「そうですか。惜しいですな」

運転手はまだ云っていたが、信雄は相手にしなかった。

タクシーに乗って、いやな運転手に当るほど不愉快なことはない。だが、そう考えるのはこちらの思い過しかもしれない。この運転手は田舎の人だけに正直なのだ。思ったことをそのまま口に出すのであろう。座席の客を心では詮索しても、黙っているのが普通である。この運転手には、その抑制が足りないだけなのかもしれない。

一ばん気楽なのは、旅先の運転手が土地の話などしてくれることである。おそらく叔父もそれを期待していたのであろう。だが、「お嬢さんはあなたの奥さんのほうの姪御さんですか」などと余計な質問までしたものだから、信雄も不機嫌になっていた。

タクシーは前に通ったコースを逆戻りする。

「お客さん、ここですよ」

運転手は橋の手前までくると、さっき云った熱帯植物園の方向に片手をあげた。

「そうか」

信雄が素気なく答えたので、さすがに運転手も客の気分に気づいたか、それきり黙ってしまった。その代り車の速力を出した。

くるときにみた「尿前関址」の道標のあるところも忽ち通りすぎ、鳴子温泉の端に近づいた。もう家の中には灯が入っていた。坂道に沿うどの土産物屋の棚にもこけし人形がならんでいた。例の細長い通りの坂道を下ると、ようやく旅館に着いた。

「お帰りなさいませ」

女中たちが出迎えた。

「いくらだね？」

信雄が運転手に訊いて、請求の料金分だけきっちり払った。つまり、余分なチップはやらなかったのである。

運転手は無神経に、声で追った。

「お客さん。明日はどんなご予定ですか？　もし、車がお入り用でしたら、わたしがお供してもいいんですが」

「まだ考えてないよ」

と、信雄は云い捨てて玄関を入った。

一合の酒に信雄は機嫌を直していた。床の間には拭きこんで飴色になった大小のこけし人形が二つ置かれてあった。

「ほんとに、こんなとき叔母さまがいっしょだったら、どんなに愉しかったかしれないわ」

麻佐子は暗い窓にむいて云った。発電所のパイプが急斜面を匍っている真向いの山は闇に溶《と》けこみ、麓の家の灯が光の点になっていた。この眺めにはやはり旅情があった。

「なに、あれはまた別のときに来てもらうさ。今度の旅は麻佐子だけでよかったよ」

信雄は盃を置いた。

「あら、やっぱり叔母さまがごいっしょだったほうが叔父さまだって愉しいんじゃない?」

「二人は二人、三人は三人、別々の趣きがあるさ。なんにしても、あんなに忙しくては誘い出すこともできない」

叔父は妻の隆子のことを云っていた。

「そうね。あんなにお働きになっては身体に毒だわ。叔母さまはお仕事がお好きなんだから、そこは叔父さまがちゃんと引っぱっていらっしゃらなければ駄目だわ」

「その代り、ぼくを仕事に引っぱり込もうとしても、その誘いに乗らないから、あいこだな」

「そうね、叔父さまは白雲悠々というところね」

隆子は洋裁店の経営で一生懸命だが、叔父はそっちのほうには全然見向きもしない。社長という肩書は空文で、店にもあまり顔を出さなかった。

血筋というのか、叔父は商売には向かない。社長のくせに帳簿一つ見ていなかった。一つは妻の隆子を愛し、その経営の才を信じているからであろう。自分では好きな本を読んだり、何か書いたりしている。もともと、詩人になりたかったというのが叔父の口癖だった。

「さて」

食事を終った叔父は宿の着物のままで起ち上った。

「今から町をひと回りしてみよう。麻佐子もいっしょに行かないか？」

「叔父さまひとりで行ってらっしゃい。わたくし、こんな恰好では出られませんし……」

麻佐子は宿の着物の袖を引っぱって見せた。

「支度を更えるのも面倒ですわ」

「そうか。君はまだ若いからな。よしよし、じゃ、ひとりで行ってこよう」

　信雄は麻佐子を見下ろすと、

「旅は夜の町を歩くところに、妙味があるんだ。昼間では分らない土地の表情が出るものだよ」

　と云い、階段のほうへ降りて行った。

　麻佐子は、その留守に叔母宛てに絵葉書を書いた。

「この葉書がそちらに届くころには、わたしはとっくに東京に帰っています。でも、旅先のお便りをちょっと書きます。今日は予定通り平泉の金色堂から、ここ鳴子温泉に来ています。『おくのほそ道』も近ごろのタクシーで回ると殺風景なものですわ。叔父さまは夜の町の観察とやらで今お出かけになりました。真暗な山がこちらの宿の湯気で霞んでいます。明日の泊りは山形の近くの天童温泉とのこと、叔母さまがごいっしょでなかったことがつくづく残念です。但し、叔父さまは負け惜しみを云ってらっしゃいます。……麻佐子」

　その叔父は三十分もしないうちに戻ってきた。

「やれやれ」

　という声がもう部屋の入口から聞こえた。

「あら、ずいぶんお早いのね」

麻佐子は振り向いた。

「ああ、小さな町だからね。一本道を通ってまた下がってくれば、それでお仕舞さ」

「いかがでした？」

「温泉町というのはどこも同じようなものだ。ただ、ここは両側から山が迫っているから山峡の趣きはあるね」

叔父はそんなことを云いかけて、ふいと異った表情をした。煙草を黙って吸っている。

「あんまり面白くもなさそうだったわね？」

麻佐子はその顔を見て訊いた。

「うむ」

叔父は煙りを二、三度吐いて、

「どうも、狭い町は仕方がないね。ほら、昼間、尿前関址にタクシーで行っただろう。あのとき運転手と話をしていた百姓のような人がいたね」

「ええ」

犬が吠えている家から顔を出し、そのあとタクシーの運転手と何やらぼそぼそ話していた男のことだ。こちらの二人が車に歩いて戻るとき、その男は運転手から離れて旧道を山のほうへ上っていた。その小肥りのうしろ姿がまだ眼に残っている。

「あの男にまた遇ったよ」

叔父は灰皿に煙草を揉み消した。

「あら、どこで？」

「駅のところに道が岐れているだろう。あの辺にこけし、を棚にならべた土産物屋がある。その隣がパチンコ屋だ。恰度、土産物屋の前を通りかかるとき、ひょいと店から出たのが例の人だ。向うからお辞儀をしたのでね、こちらも黙礼はしたが、先方は何かこっちにいろいろと話したそうだったが、昼間の運転手の連れだとすればあまり愉快でもなさそうなのでね、勝手に戻ってきたよ」

「そう」

「いや、ちょっとした旅行に出ても気分の合わない人はいるものだね。ぼくはつくづく芭蕉はしんどかったと思うよ。苦しい旅だったと思うな。芭蕉は各地でいろいろな人に遇って句を巻いている。その中には気に入らない人物も多勢あったと思うよ」

「そうね」

麻佐子は叔父の感想に同感だった。

翌日は朝、尾花沢に向って出発した。むろん、別な車を頼んでである。

芭蕉は尿前関を通って奥羽山脈を越し、山形側に出ている。この山越えは山伐切《なたぎり》峠だということに定説がなっている。

昨日見た堺田の家の前を過ぎると、車は山路にかかった。うねうねと回った路はさすがに急坂である。鬱蒼というほどではないが木も茂っている。芭蕉はここを通るとき屈強の若者の護衛を頼んでいる。追剝が出るかもしれないとおどかされたのだ。『おくのほそ道』の文章に従えば、「高山森々として、一鳥声きかず、木の下闇茂りあひて夜行くがごとし」とある。当時は、それが誇張でなく実際だったのであろう。

二人が山の頂上に達したとき、そこに「山伐切峠」と書いたバスの標識が立っていた。江戸時代と現代とはこれだけ違っているのだ。路の傍らの藪の前に「おくのほそ道」と墨で書いた小さな木札が挿してあるのも可憐だった。

峠を越すと、下りがどこまでもつづき、遂に尾花沢の町外れに出た。しばらく畑や農家がつづく。

尾花沢の市内に出ると、ここは市制が施かれ、ちょっとした地方都市だ。

「さあ、お望みの紅花があるかな」

信雄は麻佐子に笑った。彼女が紅花という可憐な植物に惹かれたのがこの旅に出る動機だったのをよく知っているのだ。

「運転手さん、どこかに訊いて紅花を作っている家を捜して下さい」

昨日のと違って、今日の運転手はむしろ黙りこくっているような若者だったが、小首をかしげた。

「さあ、紅花は今どこも作ってないのじゃないですか」

「そうかね。やっぱり化学製品に圧されて、そんなものを口紅に使ったりする者はないんだろうな」

「しかし、市の観光課に行けば、物好きで栽培している家を教えてくれるかもしれませんよ」

それは思いつきだ。

「きっと、そんな家があるに決ってるわ。だって、この辺は紅花の産地として有名だったんですもの」

麻佐子はあくまでも芭蕉の紀行にこだわった。

運転手はモダンな市役所の建物に連れて行ったが、信雄はそこに入り、やがてがっかりした顔で車で待っている麻佐子のもとに戻ってきた。

「もう、紅花なんかを本気で作ってるところはないそうだ」

信雄は車内に乗りこんで姪に云った。

「それに趣味で作っているところもたった一軒だそうでね。あいにくと今は花をつけていないときで、見てもしようがないということだったよ」

「でも、見たいわ。花がなくても、せめてその茎だけでも」

信雄は観光課の人から聞いた家の名を運転手に云った。

市内を五、六分も走ると、その家の前に着いた。

信雄が降りて格子戸の玄関を開けた。そこで何か交渉していたが、こちらを向くと、車の中に残っている麻佐子を手招きした。

「こちらの好意で、やっと畑に出来ているのを見せていただくことになったよ」

彼のうしろには実直そうな中年婦人が立っていた。

「すみません。ご無理を申しまして」

「いいえ。恰度、今が悪い時期なもので、お目にかけてもきっとがっかりなさるに違いありませんよ」

主婦は二人を裏庭に連れて行った。

裏の空地が畑になっていて野菜が栽培されていたが、中年婦人の指したのは、草とも苗ともつかない、ひょろひょろした、青い茎だった。

「これでございます」

麻佐子は、その頼りなげな草を茫然と見下ろした。むろん、蕾も花もつけてない情ない植物だ。

「花が咲くのは来月でございましてね、少し時期が早くて残念でございましたね」

主婦は、わざわざ東京から紅花を見に来たと聞いて申しわけなさそうに云った。

「でも、わたしの主人が花を標本に取っていますから、それだけでもお目にかけましょうか？」

「そりゃいい。麻佐子、ぜひ見せていただこうではないか」

いったん家の中に引返した主婦は、手に白い紙を持って現われた。

「これでございます」

植物標本は、枯れた花を紙に貼りつけているだけだった。もとは黄色だったかもしれないが、こんな萎れた皺だらけのひからびた黒っぽい花を見ると、麻佐子の描く紅花の華麗な幻想は消滅した。

これが倉田麻佐子の五年前の記憶であった。むろん、当時は叔父と「おくのほそ道」を旅したというだけの意味にすぎなかった。

4

麻佐子は五年前の「おくのほそ道」の旅をどうして今ごろ思い出したのか。

それは、今年の夏になって叔母の隆子からこういう話があったからである。

「麻佐子さん、今度九州から、ご先祖さまのお祭りがあるので、叔父さんに来て欲しいと云ってきているのだけれど、わたしはついて行けないから、あなた、いっしょに行って下さらない？」

そのときも隆子は、やはり仕事が忙しいからと理由を言った。

「あら、また今度もわたくしがお供？」

麻佐子は気が乗らなかった。今度こそ叔母が無理をしてでも行ったほうがいいと思った。

「でも、仕方がないのよ。ほら、新しい作品の発表会が近いでしょ。それでてんやわんやなの。この状態では一日でも東京を空けられないわ」

それはその通りだった。

隆子の洋裁店は、その後順調に発展して、今では東京で屈指の店になっている。

隆子の考えたアイディアは手馴れたデザイナーの手で作品化されていた。それが目新しいので、新聞の婦人欄や週刊誌、月刊誌などに紹介されたりして、めきめきといいお得意がついてきていた。有名婦人や高名な女優も隆子の店に専門にくるようになった。それが宣伝にもなって、今では支店が二つも出来ている。人員もふくれ上った。

隆子にはそうしたセンスのほかに、経営の才能がある。事業欲というのか、彼女のファイトは相当なものだった。

店は繁栄に向っている。隆子が忙しすぎる以外は、何もかもうまくいっていた。

「叔父さま一人では、やっぱりあちらの人たちに具合が悪いわ。ホステス役に行ってよ」

隆子は姪に頼んだ。

隆子が「九州」というのは、芦名信雄の祖先が所領していた大分県の長留《ながとめ》という町だった。つまり、ここは芦名家が城主として明治維新前まで支配していたのだ。

現在でもその城跡が遺っている。いわゆる名城の一つとして近ごろの観光ブームにも乗ってきている。

まだそこに行ったことのない麻佐子のために、信雄は前からよく話して聞かせた。そこは自然の谿谷を利用した要害堅固な城で、高い石垣の下には渓流が流れている。その辺は朝霧が有名だそうだが、その霧の眺めも佳く、夕方の靄も印象的だという。城下町は、その城の下にひろがっている。そこは本線から岐れた線に乗って約二時間ばかり山奥に入ったところで、海抜四百メートルの土地だから、夏は九州に珍しく涼しいほうだという。

そういう土地だから、隆子は麻佐子に、避暑のつもりで行って来たらどうかと云うのだった。

「でも、ご先祖さまのお祭りだというと、家来の後裔が全部居並ぶんでしょ。いやだわ、そんなところ。肩が凝って、とても避暑どころではないわ」

麻佐子の云う通り、信雄は旧城主の直系だから、今でも郷土に帰れば殿さま扱いされる。旧い土地柄なので、重臣の後裔もほとんど土地に居着いていた。

「そんなこと云わないで、お願いだから行って下さい」

叔母は熱心にすすめた。

「だって五年前の『おくのほそ道』旅行だって、叔父さまは叔母さまがいらっしゃらないのをずいぶん寂しがっていらしたわ。今度もまたそんなことで、叔父さま、がっかりだわ。わたしなんかじゃ、とてもお慰めできないわ」

「そんなこと平気よ。あの人、ひとりでぶらぶらと歩いてるほうが好きなんだから。近ごろは学校に出るようになって、ますます、その癖がついたようね」

信雄は或る私立大学から頼まれて、一週間に二度講師として出るようになっていた。叔父の専門は近世史ということになっている。

だが、狭い歴史に限定せず、信雄は自分の好きな文学や美術などを勝手に入れてかなり賑やかな講義にしているようだった。

「麻佐子、そう口説かれては君もいやとは云えないだろうな」

当の信雄までが麻佐子にそうすすめた。

「ひとりで行ってもいいが、みなの手前、やはり奥さん代理があったほうがいいだろう。それに君はわたしの家老の家柄だからね、いっしょについて来ても理屈に合わないことはない」

「ずいぶん封建的な亡霊なのね」

「ご先祖さまのお祭りだからな、ときと場合では封建思想を持ち出してみるのも悪くはない」

「叔父さまは叔母さまのおっしゃることなら何んでもお聞きになるのね」

「隆子は仕事を持っている。やはりそのほうを理解してやりたいね。君なら遊んでいる身体だ」

「わたしには迷惑だわ。これでも用事は一ぱいあるんだから」

「用事がないとは云わないが、まあ、今のうちだ。自由の利くときには遊び回るのも悪くはないよ。これで結婚でもしてみろ。行きたくてもどこへも出られなくなるから」

「ただの遊びならいいわ。でも、殿さまのお供でお国入りなんて、考えただけでもいやだわ」

麻佐子はいろいろ拗ねたが、結局、叔父の云う通りになった。

「ほんとに済まないわ。この次きっと埋め合わせをするから」

隆子は駅に見送りに来たときも云った。

汽車に乗ってから分ったことだが、五年前の東北地方の旅と違い、寝台車のうす暗い電灯の下で、叔父の頭は白さがずっと光っていた。

倉田麻佐子が予想した通りの仰々しい行事は、長留の駅に着いたときからはじまった。この町は、今では近村を合併して人口五万の市制を施いている。市長、助役以下、市の名士がホームまで出迎えた。市長の家柄は、むかし百石足らずの軽輩だった。助役は馬回りの組頭を先祖に持っている。

「これは久々のお国入りでありがとう存じます。市民一同、殿さまのお戻りを心からお喜びしております」

いったん駅長室に入らせられた叔父は、市長の鞠躬如《きっきゅうじょ》とした挨拶を受けた。横にホステス然として坐っていた麻佐子は、それがまるで、殿にはうるわしきご機嫌の体を拝し、臣ら一同恐悦至極に存じます、といった言葉に聞えて吹き出したくなった。

その駅前も、町中も仰々しいお祭りの飾りだった。おかしな待遇は、その町に滞在した二日間、のべつにつづけられた。車に乗って宿舎になっている市一番の旅館に入るときも、沿道には市民がならび、小・中学生が小旗を持って迎えているのだった。

「まるで宮さまか何かのようだわ」

麻佐子は擽ったくてならない。

旅館は城址のすぐ下にあった。市街から離れた高台なので、眺めは渓流を見下ろして素晴らしい。だが、ここでも叔父と麻佐子は、一挙手一投足を多勢の人間に監視されていた。殿さまお国入りの歓迎の宴会がある。つづいて旧藩士の重立ったところが特別に罷り出て昔語りをした。その間も信雄と麻佐子は身体を崩せなかった。

「やっぱりついて来るんじゃなかったわ」

と、ようやく「家来」一同が引取ったあと麻佐子は云った。

「いや、済まない。ぼくもこれほど大げさだとは思わなかった」

「これから比べると、五年前の東北旅行はずいぶん楽しかったわ」

「何んでもそうだよ。そのときはさほどでなくても、あとになって楽しい思い出になるものだ。ほら、この土地だって、そう悪くはないだろう。まさに深山幽谷の仙境だろう」

「そうね。いつか鳴子峡に行ったときの叔父さまの言葉を思い出すわ。でも、殿さまのお国入りなのに旅館住まいとは、ちょっと寂しいわね」

叔父は大笑いした。

「全くだな。わたしの叔父が政治運動に没頭したので、家屋敷を売り飛ばしたのだ。土地も大ぶん持っていたが、今は山林が僅かばかりしか残っていない。落ちぶれたものだ。普通ならさしずめ、その旧邸が別荘ということになるのだがな」

「その山林、どの辺にありますの？」

叔父は窓をあけて暗い外を指した。森も、山も、城壁も黒一色に塗り潰されている。

「あの辺になるだろうな」

信雄は城壁の右側のほうを指した。

「ここから一キロぐらいあるかな。杉の山でね、良材だ。その収入が年々ばかにならない」

「では、管理人の方をちゃんと置いているんですか？」

「さっき駅に迎えに来てくれて、今日の宴会の幹事役をした収入役がいるだろう。脇田という奴だ。あれが管理をしてくれているはずだ」

「あら、はずだなんて、そんなこと、殿さまはいちいち収入面をご覧にならないんですか？」

「隆子に万事をやってもらっている。ぼくは数字は苦手でな。面倒臭いから、一切をあれに押しつけている」

「でも、歴史を教えていらっしゃるんですから、経済史なんかも関係があるんでしょ？」

「昔のものは学問のことだから、そう苦にならない。現今のはどうも苦手だ。それに隆子があんな調子で事業を伸ばしてくれているから、ぼくはだんだんそっちのほうのものぐさが昂じてきてる」

信雄は学者のタイプだった。その妻に現代的な経営が出来るというのは奇妙な取合わせだが、信雄は妻の領分を侵さなかった。それは彼の愛が隆子に深いからだといえよう。また、信雄の生活も隆子の収入でどれだけ余裕あるものになっているか分らないのだ。たとえば、参考書にしても、資料にしても、どんな高いものでも楽々と買えるのである。いや、信雄が隆子の「事業」を是認しているのは、案外、その一点にあったのかもしれなかった。

「麻佐子。明日の朝、少し散歩しようか。朝は素晴らしくいいよ」

信雄はまた、この辺の朝霧の自慢をした。

「まるで仙境だ。とんと南画のようだよ。霧の中から突兀《とっこつ》とした山が現われ、その上に小さな人家が載っかってるんだからね」

「分ったわ」

麻佐子は手を拍った。

「叔父さまの性格が、この郷土を見て初めて合点ができましたわ」

信雄は苦笑した。

「まあ、ぼくのような男は東京にいる必要はないね。山の中に引っ込んでいたほうが性に合うらしい」

「でも、そんな場合、やっぱり叔母さまが横にいらっしゃらなければいけないんでしょ」

「そうでもないよ」

「負け惜しみだわ。叔父さまは、少しでも叔母さまが横にいないと何んにも出来ない方だわ」

麻佐子は信雄といっしょに宿を出た。朝の七時すぎだというと、この辺の空気は冷たいくらいだ。宿の前がすでに城の石垣だった。

「この辺が大手だ」

信雄は麻佐子に教えた。その高い石垣は急な坂を競り上っている。道も屈折し、ところどころ迷路に似たような曲輪に出る。本丸址に上るまでは相当かかった。そこから下をのぞくと、眩暈がするくらいに高い。だが、霧に閉ざされて渓流は音だけを鳴らしていた。

霧は谷底だけではない。見渡すと、雲海のように四方を閉ざし、その上に遠い連山の稜線がくっきりと出ている。山国だから朝の陽は遅い。ただ高い頂上だけに陽が当っていた。

「ほんとに話以上にきれいですわ」

麻佐子もうっとりとして眺めた。

「あれが九州アルプスといわれている久住《くじゅう》連山だ」

叔父は、その一方の稜線を杖の先で指した。それから、いろいろな名前をならべては杖の方向を変えた。

「あの向うに阿蘇山《あそさん》がある。天気のいい日だと、微かに噴煙が見えることもあるよ」

「叔父さまの持山はどこですの？」

「ああ、それはね、あそこだ」

信雄は引返して反対のほうへ歩いた。そこは下を流れている渓流の上流に向っている。霧が流れ、その割れ目から水の白さが一筋になって見えた。

「あそこの谷間に杉の茂ったところがあるね」

「ああ、あれ」

山峡は、そのあたりですぼまり、その涯は山襞が折重なっている。彼の指した山林は、黝《あおぐろ》い色を塗ったように際立っていた。材木のことは分らない麻佐子でも、その杉林が素晴らしいことは想像できた。どのくらいの面積で、どのくらいの価値があるのか、彼女には見当もつかない。

ところが、その日の晩、信雄の招待で市長以下の名士が旅館に招かれた。土地の芸者などが来た。信雄のところには次々と人が挨拶に来たのだが、その中の老人がその杉山のことにふれて云った。

「殿さま、新聞や雑誌などで、ときどき東京のご動静は拝見しております。ご盛大で何よりでございます」

老人は盃を戴いて匍いつくばるように返盃した。

「いや、どうも」

こういう挨拶は、ここに来てからの信雄はのべつに受けている。

「奥方さまがなかなかご立派で何よりでございます。てまえども旧藩士の末裔としては、どれだけ肩身が広いか存じませぬ」

「いろいろやっているようですが、どうもお恥ずかしい次第です」

信雄は当り障りのない返事をしていた。

「いえいえ、ご活躍で結構でございます。ところで、たった一つ、旧藩士の末裔として少々寂しい思いをしていることがございます」

「ほう、何ですか？」

どうせ老人の愚痴だと思い、信雄もあまり気にしていないようだった。

「それは、殿さま、ご所領の杉山のことでございます。あれだけはこちらの土地の者として君臣のつながりと申しますか、われわれは唯一の記念として大切にしております」

「いろいろお世話になってるようですが、それがどうかしましたか？」

「いいえ、その、なんでございます」

老人はいったん云いにくそうに口籠った。

「あの杉山を、近ごろ殿さまが一部お手放しになったのを大へんに残念に思っております。いいえ、もう、それは、いろいろと殿さまのご都合もございましょうけれど、われわれとしてはこちらにお屋敷もないことゆえ、少しでもああいうものが減ってゆくのが心寂しゅうございます」

宴席はざわめいている。ほうぼうで笑い声があがり、唄う者もいた。老人の声はともすると、その中で消えてゆきそうだった。

「どういうことでしょう？」

信雄も老人の低い声の意味を聞き取ろうとした。

「はい、あの山林が人手に渡ったことでございます」

「人手に？」

麻佐子の眼から見て、信雄の顔に明らかに動揺が起った。表面は冷静なのだが、日ごろの叔父を知っている麻佐子は、その下に動いた波を見逃さなかった。が、それも忽ち消えた。

「ああ、あのことですか」

信雄の顔に微笑がひろがった。

「いろいろ都合がありましてね、申しわけないことでした」

「いいえ、もう、それは」

旧臣の末裔は、両手を畳について頭を擦りつけた。

「これは無礼なことを申しあげました。いいえ、もう、殿さまにはああいうお仕事をなさっておられますので、いくらでも、その、何と申しますか、資本はいることと思いますが、それでも遺された山林だけは、これ以上お手をおつけにならないようにお願いしとう存じます。いいえ、ほかの者も同じ思いでございますが、その、殿さまの前では進んで申しあげる者もございませぬ。てまえ、少しご酒を戴いて酔いましたせいか、つい、年寄の冷や水で余計なことを申しあげました。ひらにお赦し下さい」

麻佐子は聞き耳を立てた。

今朝、あの城跡に上って叔父が見せた山林の一部が人手に渡っているというのだ。しかも、信雄の狼狽は、そのことを知っていなかった。もちろん、知っていれば、今朝麻佐子にあの山を見せたとき話さないはずはないのだ。

5

長留という旧城下町からの帰りは、阿蘇に抜けて熊本に出、鹿児島本線を福岡に向って行き、そこから飛行機で帰京することになった。

麻佐子は叔父の信雄の様子をそれとなく見ていた。長留の旧藩士の末裔から、城址近くの叔父の山林がいつの間にか一部売られていることを聞いてからである。

そのことを信雄が知っていたのか、そうでないのかは、まだ麻佐子に決定がつかない。信雄はその老人に、

（それはぼくがしたことですよ。どうも少々体裁が悪いようですがね）

と云うかのように微笑していた。だが、叔父が瞬間に見せたあのかすかな狼狽は、麻佐子の気持にひっかかっていた。

もし、叔父がその事実を知らなかったとすれば、誰がその山林を売ったのか。それができるのは信雄の妻である隆子しかない。

隆子は、洋裁店の事業を一切きり回しているのみならず、信雄の財産管理もやっている。だから夫の実印も彼女が握っているはずである。

麻佐子は、隆子が事業をしているので、そのほうで金が必要となって山林を売ったのだろうと思った。隆子の洋裁店は目に見えて発展している。だが、外目から見て派手なわりにいろいろと金融上の操作も必要なことに違いない。叔母が、その資金づくりに旧領地の山林の一部を手放したとしても考えられないことではないのだ。だが、それなら隆子は当然信雄に相談するはずだった。事業のほうは彼女の自由な裁量で操作しているにしても、山林は叔父の財産だ。

麻佐子から見ても信雄はスタイリストだった。めったに感情を表に見せない。それは旧大名家の血がさせたのかもしれないし、あるいは幼いときからの躾がそのように仕上げたのかもしれぬ。もともと学者肌で、趣味の人であった。

それにしても、問題は彼の妻の隆子に関連している。もし、信雄が山林の売却を知らなかったとすれば、その表情に変化が見えなければならない。いくらスタイリストでもどこかにそれが現われるはずだった。麻佐子は、信雄の毛筋ほどの変化でも見逃すまいとした。

だが、信雄は淡々としたものだった。長留の町から阿蘇に行くには豊肥《ほうひ》線という鉄道で行くのだが、その車窓でも彼は麻佐子に山を説明し、町を教えた。阿蘇に登ってからも雄大な風景に満足そうだった。

麻佐子は、自動車道路まで遊びに出ている放し飼いの馬に見惚れたり、噴煙を揚げる火口を珍らしげにのぞいたりしたが、その間も叔父の観察を忘れなかった。だが、依然として同じなのである。

福岡へは夕方に着いた。そのために長留を朝早く発った。

「どうだ、大ぶん強行軍だったから疲れただろう」

信雄は麻佐子をいたわった。

麻佐子は、自分の思い違いと考えないではいられなくなった。やはりあれは叔父が承知の上のことなのだ。ただ、山林を手放したことで叔父に多少のうしろめたさがあり、それを他人に衝かれたからあわてたのを誤解したようである。事実、あのときも老人は山林が売られたことをかなり非難していたようだった。叔父は痛いところを衝かれたので困った顔をした。要するに、麻佐子は叔父の狼狽の意味を取違えたのだと思った。

してみると、信雄はやはり妻の隆子の協力者だったのである。

「叔父さま」

麻佐子は空港のロビーで搭乗を待ちながら云った。

「叔母さまって、ずいぶんたいへんのようね」

ふと云ったのだが、

「たいへん？」

信雄はいつになく眼をふいとあげた。それが不意を衝かれたような表情だった。

「どういうことだね？」

信雄はならんで坐っていたが、その上体を麻佐子のほうに少し傾けるようにした。

「だって」

麻佐子は叔父にしては少し鷹揚な様子に戸惑いながら、

「ああいうお仕事をなさっているでしょ。とても偉いと思うけれど、それだけに経営がたいへんだろうと思いますわ」

「うむ」

それを聞いて信雄は元の姿勢に戻った。こういうような待合室の椅子に坐っていても、端然と構えを崩さない人である。

「ああ、たいへんだ。いや、たいへんだろうと思うよ」

信雄は呟くように答えた。

「叔父さま、少しお手伝いなさったら？」

余計なことだと思ったが、つい、そう云った。

「いや、ぼくでは駄目だよ。さっぱりそっちの才能はないからね」

信雄は云った。

「だってお手伝いぐらいは出来るんじゃない？　それだけでも叔母さまは大助かりよ」

「駄目々々。おれは分を心得ているよ。かえって邪魔になるだけだ」

「そうかしら？」

この叔父なら、本を読んだり、書きものをしたり、学生相手にしゃべったりしているほうがずっと気楽には違いないのだ。だが、隆子の仕事を考えると、信雄が少々無責任のように思えてきた。

「ねえ、叔父さま」

「何んだ?」

「わたくし、よかったら叔母さまのお手伝いをしようかしら?」

別に深く思って云ったことではなかった。ただ、その場の思いつきでふいと云ったのだが、

「麻佐子がかい？」

と、叔父はしばらく姪の顔を見ていた。

「それはやめたほうがいいな」

信雄は麻佐子の気まぐれな申し出を断わった。

「君は、そんなことをして若さを濁らせてはいけない」

「どうして若さを濁らせることになりますの？」

麻佐子は叔父の言葉の意味が分らないでもなかったが、訊き返した。

「どんな商売でも、それが商売である以上雑駁とした性格をもっている。その中でいいところもあるが、悪いところもある。麻佐子が手伝うなら、もう少し先にしてほしいよ」

「そう」

話はそれきりになった。麻佐子も本気で云ったのではない。だが、信雄のその言

葉は彼らしい潔癖さから出ただけとは思えなかった。商売というものの持つ雑駁とした性格に隆子が侵されているというふうに聞えた。信雄は彼なりに妻を観察しているのだなと麻佐子は思った。

それなら、信雄は愛している妻をその仕事から退かせるか、もっと事業を縮小させるか、あるいは、彼自身が加勢に乗り出すか、どちらかにすればいいと思う。信雄の姿勢は妻からも距離をおいているようで、麻佐子には理解できなかった。

飛行機の中では全く別な話になった。九州から東京までの眺めは、もちろん、麻佐子に初めてである。瀬戸内海の島々は、蒼い海の上に麩を千切って投げたようだった。

信雄は鞄の中から本を取出して読んでいる。標題を見ると、『飛鳥時代寺院址の研究』という、いかにも彼好みのものだった。

そのうち麻佐子は或ることに気がついた。それは、信雄の眼が本の上に動いているのにページが少しも進んでいないことだった。麻佐子は下の景色をのぞいては、飽いて眼を叔父のほうに戻すのだが、その時間経過とページの進行とが一致していないのだ。彼は本を読むのが早いほうだった。それが依然として前のところをひろげたままになっている。

もっとも、『飛鳥時代寺院址の研究』などという面倒な研究書は小説を読むようなわけにはゆかないだろうが、それにしても信雄の視線は同じところを低徊しているのだ。明らかに眼を本にさらしてはいるが、心はほかのことに奪われているようだった。

麻佐子は、信雄が妻の売った山林のことをまだ考えているのだなと思った。叔父の気持には、あのことがまだひっかかっている。それで彼が思い煩っているとしたら、これはやはり最初に考えた通り、信雄はあの件を知っていなかったのではなかろうか。――

信雄はときどき本を膝の上に置いて、麻佐子の肩越しに窓の外を見た。そこには雲の動きしか見えなかった。彼はいかにも読書に疲れた眼をしていた。だが、麻佐子にはそれが思案に疲れているように思えた。

「紅花は、もう収穫が済んだかしら?」

麻佐子は云った。

どういうわけで紅花のことが口から出たのかよく分らない。彼女はときどき、ふと自分ながら思いがけないことを口にする癖があった。多分、このときも信雄が山林のことを考えているのが少し気の毒になり、その気分をまぎらしてあげたくて、この叔父といっしょに「おくのほそ道」を歩いた記憶を云って思考の方向を逸らせようと考えたからであろう。それから紅花が連想的に泛んだのかもしれない。

「え、なに？」

信雄は言葉が聞き取れないように少し耳を寄せた。爆音のせいもあったが、話が突拍子に聞えたからでもあろう。

「紅花ですよ。ほら、尾花沢というところで、なんだか貧弱な苗を見たでしょ」

「うむ、あれか」

信雄は頰に微笑を泛べた。

「そうだな、季節からいうと、収穫はとっくに過ぎて、もう餅みたいにこねられている頃だろうな」

「あの花が見られなかったのが残念だわ。今度、花が咲いた頃にもう一度行きましょう」

東北と九州とは、東京を中心に考えると正反対である。紅花を持ち出したのも、無意識的に叔父を九州から放したかったともいえる。

「うむ」

信雄はあまり気乗りのしない返事をした。というよりも、まだ前の思考がたゆたって残っているといった様子だった。

「この次は、きっと隆子叔母さまもごいっしょに願いますわ」

一時間だったが、飛行機の中は無聊である。ふだんなら、こういう話は楽しいはずだった。だが、隆子の名前を云ってから、麻佐子ははっとなった。叔父の気持を考えると、今それを云うのが悪いようであった。それほど麻佐子は自分でも神経質になっている。

「そうだな」

しかし、案外、信雄はおだやかな表情で受けた。

「紅花を見に行くといえば、隆子もついてくるかもしれない。やはりお洒落は仕事に無関係ではなさそうだからな」

「そうだわ。それはそうだわ」

叔父が明るい顔色なので麻佐子は安堵した。自然と声も躁いだものになった。

「来年、きっと行きましょうよ。わたくし、早速、帰ってから花の咲く正確な季節を調べますわ。そして、ちゃんと今からスケジュールを立て、叔母さまと約束します。そうしないと、叔母さまのお仕事、とても忙しいんですもの、急に云ったたって駄目だわ」

機は伊勢湾《いせわん》の上空にいるとアナウンスがあった。

九州から帰京後、麻佐子は叔母の家にはしばらく行かなかった。帰ったとき、空港までは隆子も迎えに来ていた。ロビーの出迎人の中では、やはり隆子の姿は目立った。彼女は自分がそういう店をしているのに、洋装よりも和装のほうが多かった。また、それが隆子には似合った。

そのときも麻佐子は、少し大げさに云うと、息を詰めて信雄と隆子の様子を見まもったものだが、信雄は平常の態度と大して変ってはいなかった。彼はめったに妻に大きな笑顔を見せなかった。馴れない人は、信雄がいつも怒っているように取ることがある。もともと、むっつりとしたほうだった。

隆子はにこにこしながら夫といっしょに車で帰ったが、あれからどういうことになったのだろうか。隆子の家に遊びに行けば様子が分るが、なんだかそれでは二人を探るような気がして足が鈍った。予感したいやな場面に出遇いそうな不安もあった。

母は妹のところだからよく出かけた。

「叔父さま、どんな風だったの？」

麻佐子は帰宅した母にさりげなく訊いたりした。

「どんな風って、あの人はいつもの通りよ。別にどうということもないわ」

母は何の疑問も持っていなかった。

「叔母さまのご機嫌はどう？」

「あの人はいつも忙しいからね。わたしと話していてもすぐ店の者が呼びにくるし、ちっとも落ちついていないわ。でも、あんなに忙しかったら、女でも張合いがあるでしょうね？」

「じゃ、叔父さまのご機嫌はいいのね？」

「叔父さまのご機嫌なんか、わたしには分るもんですか。顔を合わしても、やあ、と云うだけなの」

「九州の話は出ませんでしたか？」

九州の話というのは遠回しに例の山林のことを訊いたのだが、

「なんだか、あちらではとても丁寧に扱われたそうじゃないの。あなたからも話を聞いたけれど……。隆子さんはおかしそうに笑っていたわ」

それなら、山のことは遂に信雄の口から隆子に語られなかったのだろうか。

それは信雄のほうで話題を回避したのか、それとも案外あっさりと夫婦間で了解がついたのか、どっちともとりかねた。

　麻佐子は母には山林の話を持出してはいない。うっかり云うと、いつ、母がそれを隆子に話すか分らないのだ。その場合、麻佐子は余計なことを云ったと思われる。愉快な話題ではなかった。麻佐子は、山林が暗く翳って見えてならなかった。

　一つの疑問を持つと、それが解決するまでは心の中に滓のように沈むとはいやなことだった。そのことは考えたくないと思っても、つい、それが下から湧いて出る。

　麻佐子は、そんなことはどちらでもいいではないかと自分の気持に云い聞かせた。それほど重大な意味があるとは思えない。せいぜい田舎の山林の僅かな面積が売られたというだけだ。たとえ夫婦の間の打合わせが不十分だったとしても、それは大きな問題だとは思われない。殊に信雄は財産とか金銭とかには恬淡である。簡単な話が、

（あなたにはつい云いそびれていましたけれど、お店のほうでお金がいるので、あれを処分しましたわ）

　と、隆子が云えば、（ああ、そうか）と、叔父が云って済むことである。また叔父はそういう性格なのだ。

　だが、麻佐子は、今度だけはどういうものか落ちつかない。理屈ではそう納得さ

せようとしても、心が従わないのである。

麻佐子は、そんなことがこのように心にかかるのは、あの長留の老旧家臣と同じだと思った。あの人は、さも主家の一大事とばかり山林の売られたことを嘆いていた。せめてあれだけは旧藩士と旧領主との結合の徴として遺してもらいたかったと云っていた。

——一体、誰があの山林を買取ったのだろうか。今まで考えてもみなかったことが心に泛んだ。

どうせあの地方で売れたのだから、地方の誰かが買ったのだろうと思っていたので気にかけていなかったのだ。しかし、あの山林が売られた事情を知ろうとするなら、まず、そこから手がかりを求めたほうがよさそうに思える。

麻佐子は、老人から名刺を貰っていた。山口喜太郎という人で、土地では雑貨屋をいとなんでいるという。

麻佐子は、老人に宛て問合わせの手紙を書いた。それを書くまでは何度も躊躇した。しかし、いったん思い立つと、迷いはあるが、結局、その通りにしなければ気が済まないのが麻佐子の性質だった。

このようなことを問合せても、老人が直接に信雄や隆子にそれを洩らすようなことはないと思った。もともと、あの土地に信雄が行けばこそ旧家臣の古めかしい感情で同席するが、日ごろは何んの文通もないのである。老人からみると、信雄はやはり藩主の末孫として巨大な隔たりであった。老人がうかつに信雄に宛て手紙を出すことはなさそうだ。

6

四、五日経って、長留の山口喜太郎老人から麻佐子に返事があった。麻佐子は、その手紙を母の眼に隠れて開いた。

「先達はわざわざ辺地の田舎まで殿さまといっしょにおいで下さいまして、土地の者は感激しております。東京の方には何もかも行届かぬことばかりだったと存じますが、せめてゆかりの旧城下の風物をお目にかけられたのが何よりのお慰めだったと存じます。……」

といった書き出しで、長々と老人らしい回りくどい挨拶の言葉があったのちに、

「さて、お尋ねの件でございますが、あの山林を殿さまが手放されたことはまことに残念でございます。てまえどもとしては、土地の者が買受けたとはいえ、や

はり殿さまとの絆が絶たれたような思いでございます。もし何かのご都合で手放される思召があったなら、てまえどものほうに前もって一口そうおっしゃっていただければ、有志で金を出し合い、あの山林を共同購入し、何とか記念的な保存にしたかったのでございます。酒の席とはいえ、つい、そのような愚痴を殿さまに申しあげてご不興を蒙ったかと存じますが、これも老人の癖としてお赦しをいただくほかはございません。

また余計なほうに筆が逸れましたが、山林を譲り受けたのは、こちらにいる材木商の守谷円治という者でございます。この男は土地の者ではなく、今から十年前に長留に流れてきた材木の運び出し人夫でございます。そういう縁故から守谷の家に養子となったもので、商売にかけてはなかなかの切れ者でございます。お手紙により、私は早速守谷のところに参り事情を尋ねましたところ、あの山林は約三十町歩ありまして、そのうち二十町歩を買受けたと申しております。

それも殿さまから直々にお譲り受けしたのではなく、間にはもちろん紹介者があったと申しております。そこで、その紹介者なるものの名前を訊きますと、神奈川県茅ケ崎《ちがさき》の海野正雄という人だそうでございます。守谷が海野氏とどういう縁故であったかは、彼はあまり云いたがりませんでしたが、とにかく事情はそういうふうでございます。

なお、守谷に訊きますと、山林売買のことでは、その海野氏なる者が二度ばかり当地に参り、殿さまの代理として一切の委任を受け、一切の折衝に当ったと申しております。したがって、登記面では海野氏の名前はなく、殿さまから直接守谷に譲渡したことになっております。……」

ここに「殿さまと直接の取引」と書いてあるが、それは信雄というよりも隆子が計らったことであろう。隆子は信雄から実印も預っているし一切の財産管理を任されている。

山口老人の返事で大体の筋道は分った。

ただ、この文面で初めて知ったのは仲介者が存在していたことだった。それも茅ケ崎に住む海野正雄という人物である。

茅ケ崎という地名で麻佐子には一つの線が見えたような気がした。茅ケ崎は、ずっと前に母や隆子といっしょに何度も行ったことがある。今から二十年前だから、麻佐子がまだ四つか五つのときだった。

今は亡くなっている祖父が、その茅ケ崎に長い間住んでいた。当時は隆子も結婚していなかった。麻佐子は、祖父と叔母の隆子の居る、その茅ケ崎の別荘に母と東京からたびたび行った稚い記憶がある。

その頃の茅ケ崎は、まださびれた漁村だった。祖父は麻佐子が四つのときに亡くなり、あとは祖母だけになった。その祖母も三年後に死んでいる。だから、隆子の結婚は、その両親が死んだのちになっているのである。

麻佐子は、祖父の居た家にぼんやりとおぼえがある。それは海浜の見える二階家だった。近所の漁村が小さな家ばかりだっただけに、ひどく大きな邸のように見えた。

祖父は長い間宮内省の官吏をしていて、退職してからそこに引込み、悠々自適していたのだった。その真白な長い髯は子供心にも奇妙に映ったものだ。もっとも、それはあとで写真を見ているので、記憶が交錯しているのかもしれない。だが、膝に抱かれてその白いものを眼の前で見たおぼえはたしかにある。

そこに子供心にもきれいな人がいた。それがまだ娘時代の隆子だった。白い髯と、きれいなお姉さんとが、茫漠とした記憶の底にぼんやりと忍んでいる。

その家は、むろん今は手が入れられている。地形も変化した。しかし、麻佐子はのちまでも幼時の風景が幻灯のように灼きついている。

麻佐子は母や隆子に連れられて渚の柔らかい砂地を踏んだおぼえがある。汐の香がいっぱいしていた。渚には藻や貝殻の破片が落ちている。砂の中から小さな蟹が脚をのぞかせたりしていた。

その茅ケ崎に居る人が山林の仲介者だというのだ。

それは偶然かもしれない。だが、二十年も前に茅ケ崎に居た人が、今度の山林売買とどこかに絡んでいるような気がしないでもない。

麻佐子は母に、そのことが直接には訊けなかった。何か叔父と叔母の上にふれてはならないような暗いものを感じるのである。

それで、久しぶりに茅ケ崎の思い出を話題に出した。

「よくおぼえているわね」

母にとっても懐しいのである。

「あのとき隆子叔母さまはいくつぐらいだったかしら？」

「十八か十九ぐらいじゃなかったかしら」

女の十八、九だというと、一ばん美しい盛りだ。頬も透き通るように内側から輝くのである。殊に隆子だったら、どんなにきれいだったか分らない。

「おじいちゃま、髯が長かったでしょ。そのおじいちゃまに抱かれて、今度はとてもきれいな女の人に抱き取られたとき、うれしかったのをおぼえているわ」

そうだ、たしかにそういう記憶がある。

「あのときは隆子さんも若かったからね」

母は眼を細めた。おそらく、そのころの家の中の風景がはっきりと蘇っているに違いなかった。それから海辺の景色も……。

「そのころ家に出入りする人で、土地の方がいたの？」

麻佐子は遠回しに訊いた。

「そうね、おじいちゃまは人づき合いのいいほうじゃなかったから、あんまりそういう方は無かったようだわね」

「そう」

「それに当時はまだ開けてなかったから、漁村の人が多かったでしょ。ときどき魚を届けてくれる人以外、家には見えなかったわね」

すると、ふいに麻佐子の耳に、その家に付随している音のようなものが蘇った。付随しているという云い方がおかしいが、茅ケ崎の家のことを考えると音がまつわって思い出される。

「それは海の音じゃないの？　風があると汐騒がよく聞えたから」

と母はいった。

「いいえ、それとは異うの。何か槌を使うような音だわ」

「ああ、分ったわ。でも、そんなことまでおぼえてるの？」

母は少しおどろいたようだった。

「それはね、おじいちゃまが家のご普請をなさっていたのよ。前から狭かったので、茶室のようなものを建てていらしたわ。あなたが聞いたのは、きっと大工さんの音でしょう」

「そう」

音だけはおぼえがあるが、普請などには全く記憶がない。

「茶室だけでなくて、その前に小さな庭を造られたの。だから、あのときは、そんな庭師だとか、大工さんだとか入って騒々しかったわね。その騒々しさが、きっとあなたの云う音なんでしょう」

そういうことがあったのか……祖父がせっかく造った、その茶室も庭も、その後母屋といっしょに人手に渡った。それからは手が入れられたり、建増されたりしている。

「ねえ、お母さま、ご存じじゃないかしら。そのころ海野さんという人が出入りしていませんでした？」

「海野さん？」

母は首をかしげて思い出そうとしていたが、

「さあ、心当りがないわね」

と云い、

「どうしてそんなことを訊くの？」

と反問した。

「どうしてということはないけれど……ただちょっとね」

麻佐子は口を濁した。

母は海野という人の名前を知らない。もっとも、母は東京の婚家に過ごしていて、別荘には時折り行っただけなので、祖父のつき合いの全部を知っているわけではなかった。だが、前にもそこに居たことだし、ときたま行ったとしても、祖父の親密なつき合いの範囲内くらいは話に聞いているはずだった。

「そのころのことを訊くのだったら、隆子さんに訊いたほうがいいわ。あの人はわたしよりも長くあの家に居たから」

母は云ったが、

「いいえ、もう、それはいいの」

と、麻佐子はあわてて打ち消した。

「わたしがそんなことを云ったと、叔母さまにおっしゃっては駄目よ」

「どうして？」

母は不審そうだった。

「もういいの。何でもないんだから。だから何にもおっしゃらないで」

隆子の耳に入ると、何かいけないことが起りそうな気がした。

——そうすると、茅ケ崎の海野という人は信雄の知り合いだろうか。だが、信雄は茅ケ崎とは関係がない。彼はずっと東京で育った人間なのだ。当時の家は青山にあった。旧大名の邸だから、かなり広い敷地で、閑静な場所だ。信雄の交際範囲も、その邸を囲んだ塀に象徴されたように、外からは遮断されていた。少なくとも信雄が二十歳くらいのときまではそうであった。

茅ケ崎の海野という人と信雄とが知り合いという線は、どうしても考えられない。もっとも、どこに誰が居ようと、交際というものは意外なところに脈絡があるから一概には云えないとしても、麻佐子の想像にはその線が無いのである。

倉田麻佐子は、次の日曜日に思い切って茅ケ崎に出かけた。

山口喜太郎老人の手紙には海野正雄の茅ケ崎の番地が明記されてある。彼女はそれを手帳に控えていたので、駅前の交番で尋ねた。番地に符合するところは駅の北側になっている。その辺一帯は、国道を挟んで商店街になっていた。

番地の場所に行くと、海野という名前の家が見当らなかった。商店街からやや奥まったところの住宅地である。

「海野さんは、一ヵ月前に平塚《ひらつか》のほうへ引越されましたよ」

近くの米屋さんに訊いたほうが早分りだと気づいて飛び込んだのだが、そこのおかみさんはそう答えた。

「平塚のどの辺でしょうか？」

平塚は相模《さがみ》川を越したすぐ向うの町である。

「待って下さい。たしか移転先を聞いて控えたと思いますが」

すぐに分り、所と番地を見せてくれたのだが、それは「湘南《しょうなん》商事株式会社」という会社名になっていた。

「海野さんは、この会社を前から経営しておられて、ここから通ってらしたんですよ」

米屋のおかみさんは教えた。

「ここには大ぶん長く住んでいらっしゃったんですか？」

「そうですね。この土地では古いほうです。かれこれ十五、六年ぐらいになるんじゃないでしょうか」

それなら古いはずだ。

「わたしたちよりもずっと古いんです。いま十五、六年と云いましたけれど、それは大体の見当で、もっと長くおられたかも分りませんよ」

「海野さんという方は、いくつぐらいの人でしょう？」

「そうですね、あれで五十前後ではないでしょうか」

「ご家族は？」

「奥さんと、子供さんが二人おられます。もっとも、子供さんはもう大きくなられて、東京の会社に働いているとかで、そっちと住まいを別に持っておられたようです。ですから、海野さんはここにはご夫婦二人だけで暮していらっしゃいました」

「その湘南商事というのは、どういうお仕事なんでしょうか？」

「さあ、そこまではわたしたちには分りません。まだ伺ったこともありませんから。なんでしたら、直接においでになったほうが早いと思います」

「どうもありがとう」

麻佐子は国道に戻ってバスを待った。

その間に一度祖父の家のあったところを見に行きたかったが、とにかく用事を片付けてと思い、先を急いだ。

バスは二十分くらい走って平塚の賑やかな商店街の角で停った。麻佐子は、ここでも米屋に聞いた番地を頼りに歩いた。

そこは国道沿いではないが、やはり商店街の一劃といってよかろう。国道から少し入り込んだところだが、いわば商店街のはずれになっている。しかし、どう探しても湘南商事という看板は眼につかなかった。

麻佐子は、ここでも間口の広い家具屋に入って様子を訊くことにした。

「湘南商事さんは、この隣でした」

奥から出てきた主人らしい男が云った。

「お隣ですか?」

隣は電気器具屋になっている。商品が表にいっぱい並べられてあった。

「電気屋さんでなくて、その二階だったんです」

と、表まで出てきて家具屋の主人は教えた。

「その横に階段が付いているでしょう。それを登って、外からでも二階へ行けるようになっていました。今は、そこにいた湘南商事さんが引越されたので、電気屋さんが全部自分の家にしていますがね」

湘南商事は二階住まいだったのだ！

その二階もひどく狭い。相当な会社だと思っていた麻佐子は意外だった。

「では、湘南商事も移転したんですか。それはいつごろです？」

「そうですな、あれから一ヵ月ぐらいになるでしょうか」

「一ヵ月？」

一ヵ月といえば、その社長海野正雄が茅ケ崎の自宅から引越したときである。米屋の主婦は海野が自宅をたたんでこの事務所に移転したように云っていたが、では、同時に事務所そのものも平塚からいずれかに移っていたのだ。

「湘南商事さんはどこに移転されたんですか？」

不思議なもので、麻佐子は今度はどこまでも湘南商事か海野正雄の行先を突き止めたくなってきた。

「なんでも、東京のほうだとは聞いていましたがね」

家具屋の主人は答えた。

「東京のどこということは分りません。海野さんは移転のときにわたしのほうにも挨拶に見えましたが、その辺ははっきりとおっしゃいませんでしたよ。あとから手紙でもくるのかと思っていたが、それもなかったのです」

「湘南商事というのは、どういう内容の会社だったんでしょう?」

「おや、あなたも債権者の一人ですか?」

家具屋の主人は麻佐子の顔をじろじろ見て云った。

「いいえ、そうじゃありません……」

その一言で湘南商事の移転の内情が分るような気がした。この家具屋には、ほかにも債権者がたびたび問合わせに来ているのであろう。そうすると、湘南商事というのは不義理を残していずれかに移転したことになる。つまり、同社は夜逃げと同じような恰好で移転したらしい。家具屋の主人がその行先を知っていないというのも、その辺の事情を思わせるようだった。

「それならいいけれど、ずいぶん債権者が見えましてね、わたしはいちいち会うのがいやになりましたよ。なにもこちらは湘南商事の整理委員会じゃないんですからね」

「では、その会社は倒産したわけですね?」

「そういうことです。一時は大ぶん景気がよかったそうですが、近ごろはもうさっぱりで、海野さんも弱っていましたよ。いいえね、扱っているのは土地の売買です」

「土地の売買？」

それなら分らぬことはない。商売となれば、あの長留の山林を売る仲介にも入ったわけだ。

だが、おかしいのは、土地の売買といっても、この近在に限られるであろう。だが、海野という人はどうして遠い九州の土地を世話するようになったのだろうか。

――

7

茅ケ崎から麻佐子が帰った翌る日だった。隆子から電話がかかって、遊びにこないかと誘いがあった。

麻佐子は、昨日の今日のことだったので、自分の茅ケ崎行が隆子に知られたのではないかと気になった。しかし、そんなことはあるまい。叔母が呼び出したのは偶然だろう。ここしばらく隆子のところに行っていないので、電話の言葉通り、顔を見たくなったのだと思った。

九州から戻って以来、麻佐子は何んとなく隆子のところに行きそびれている。実際は行きたいのだが、何か叔父と叔母の間に自分が踏みこんではならない暗い雰囲気が漂っているような気がして、気遅れしていた。隆子のほうから誘ってくれたのはちょうど幸いだった。

隆子は銀座の店にいた。

普通の店と違って、ショーウインドーもなかった。表から見ると、普通の商事会社としか映らない。だが、中に入ると、洒落た店らしく、デザインされた作品がディスプレイされている。このような装飾もすべて隆子の工夫から出ていた。彼女は「個性のある店」を心がけていた。

「いらっしゃい」

店の子が麻佐子に笑いかけて迎えた。みんな忙しがっている。客もいつものようにかなりな人数だった。それぞれが相談を受けたり、生地の見本を見せたり、スケッチブックに素描をかいたりしていた。

隆子は二階にいるというので、階段を上った。ここは特定の顧客だけがくることになっている。人気女優が仮縫を着せられていた。隆子はピンを差しながら、画家のように少し離れては眼をしかめて効果をたしかめている。傍に、これは専門家のデザイナーだが、ちょうど助手のように隆子に付き添っていた。

「しばらく」

女優は麻佐子にニッと笑った。下沢江里子といって、近ごろでは映画の人気を舞台にまで伸ばそうとしている。事実、芝居の評判もよく、大そう意欲的な女優だという評判を取っている。

麻佐子から比べるとずっと大柄で、化粧しなくとも派手な顔つきだ。それだけに横にいる隆子が華奢に見えた。隆子は、店にいるときはなるべく目立たない地味な装いをしている。

「ちょいと待ってね」

隆子は姪を傍の椅子に坐らせた。

「あら、今日は何かありますの？」

下沢江里子が大げさな表情で訊いた。

隆子はピンを一つずつ抜きながら、

「近ごろあまり会ってないもんだから、今日はこちらに呼びつけたんですよ」

叔母は女優に答えた。

「そう。何かいいお話でもあって？」

「別にそういうことはないんですが、やっぱりしばらく見ないと、何んとなく見たくてね」

「無理ないわ、先生には子供がいないから」

女優は仮縫の服を脱ぐと身づくろいし、ハンドバッグをつかんだ。

「どうもありがとう。……麻佐子さん、今度先生といっしょにお食事しましょうね」

「どうも」

「じゃ、先生、これで失礼しますわ」

「ありがとうございました」

隆子は客に頭を下げた。

「あ、それから……あちらに会われたら、よろしくね」

「ええ、そう申します」

あちらとは誰のことを云っているのか麻佐子には分らなかった。だが、この店はいろいろな人がくるので、共通の知人のことを指していると、麻佐子は気にもとめず聞いていた。

女優は迎えにきた付き人といっしょに急いで出て行った。

「やっと区切りがついたわ」

隆子は麻佐子を伴って別室に入った。そこは隆子だけのものになっていて、女の部屋というよりも経営者の個室といった感じだった。引出しの多い机、その上にならんだ夥しい帳簿、書類棚などがぎっしり周囲を取巻いている。だが、さすがに隆子らしい工夫で普通の事務室とは違い、上品な華やかさがある。殺風景な金庫にも気の利いた変化をつけてあった。

対い合って坐った隆子は、麻佐子からみて、少し面窶《おもやつ》れしたようだった。だが、そこに魅力を増したようにも感じられた。もともときれいな人だから、痩せ加減の面が凄艶といったものを加えている。或いは片方から射しこむ窓の光線の加減かもしれなかった。

たしかに叔母には変化があった。

それを九州から叔父が帰って以来と取るのは誤りだろうか。九州の山林の売買が叔父と叔母の間に一種の不可解なものをもたらしたと自分でとっているので、そう感じたのだろうか。

「叔父さまのご機嫌、いかが？」

麻佐子はいつもの調子で訊いた。決して夫婦仲を探るつもりではなかった。が、やはり、その言葉を出すのに平気でいられなかった。

「相変らずよ」

叔母の隆子は別に変った表情も見せずに答えた。

「毎日ご機嫌なんですか？」

「そうよ。あの人は本でも読んでいれば泰平らしいわ」

「そう」

よかった、と思った。叔父と叔母の仲は、自分の想像通りではない。以前と変りはないのだ。これはいろいろ気を回している自分のほうがどうかしていると思った。


「ねえ、麻佐子さん」

隆子は、そのあとで云った。

「あなた、京都に行ってみない？」

「京都？　あら、叔母さま、いらっしゃるの？」

「用事があって、明日の新幹線で行くつもりなの」

「いいわね。どのぐらいお泊りになるの？」

「一泊で帰るの。少し忙しいけれど」

「叔父さまは？」

「あの人は行かないというの」

「まあ、いつも別々なのね」

「ちょうど学校がある日だから駄目だというの。学校だなんて口実で、やっぱり一泊だけじゃつまんないらしいわ。だから、ひとりで行くのもなんだし、あなたがついてくるのだったらと思って誘ったの」

「そうね」

少し急な話だった。

「用事って、やっぱりお店のこと？」

「わたしにはそれしかないわ。それに京都も久しぶりだし、ちょっと見たいと思ってるの」

麻佐子は、京都と洋服のデザインとどう関係があるのだろうかと思った。これが神戸なら、まだ何んとなく分るのだ。漠然とした常識だが、京都は、和服のほうならともかく、洋服とは縁が無さそうに思える。

だが、隆子はいつも新しい感覚で服飾界に評判を取っている。案外、何かを思いついて京都の日本風な生地を洋装に取入れるつもりかもしれぬと思った。だが、そんなことを訊くのは悪い。いくら叔母と姪の間でも、それは叔母の独創であり、発表までは秘密であった。隆子が進んで話したがらない話題である。

「帰って母に訊いてみるわ」

そう云ったのは、たったこの前九州の旅から帰ったばかりなのが気に射したからだ。前には東北を回っている。また京都だというと、母から叱言が出そうだと思ったのだ。

「なるべくついて来て欲しいわ」

隆子は頼んだあと、時計をのぞいた。

「久しぶりだから、ご飯でも食べましょうか？」

「だってお忙しいんでしょ」

「今ならいいわ。実は昼の食事を抜きにしているの。あなたには中途はんぱだろうけれど、つき合ってくれる？」

麻佐子はお茶なら欲しいところだったが、食事はそれほどでもない。だが、せっかくの誘いだし、隆子といっしょなら愉しい食卓になる。

隆子が店の者に留守を頼み、麻佐子を伴れて行ったのは、近所の「キャスチーヌ」という二階のレストランだった。小ぢんまりとしているが、贅沢なものを食べさせる店として、よく名の知れた人がやってくる。階下は別の店になっているが、横手に付いた階段を上ると、室内はロココ風な凝ったものになっていた。

　顔見知りのマネージャーが隆子のために窓際にテーブルを設けてくれた。この店はいつも混んでいる。いま坐っていても、あれは誰だと分るような有名人の顔がちらちら見えていた。

　麻佐子は簡単なものをとった。あとから注文した隆子が同じものだったので、麻佐子は少し意外だった。昼の食事を抜いたにしては軽すぎた。

「これくらいで丁度いいの」

　隆子は微笑した。さっき彼女の個室で見たときと違い、顔に当っている光線は明るい。が、店で最初に感じた隆子の顔の窶れは、ここでもはっきりと分った。頬が少し凋んだようである。だが、それだけに彫りを深めたようだった。あのとき凄艶と感じたのも、その陰影の深まりの具合でかもしれない。

　隆子は、その食事すらあまり進まなかった。かえって麻佐子のほうが全部を平らげたくらいである。

「どこかお加減が悪いんじゃないの？」

麻佐子は眉をひそめた。

「別にそんな自覚はないけれど、少し疲れてるのかもしれないわ」

隆子は華奢な指先で頬を撫でた。

「あんまりお働きになるからよ。少しお休みになっては？」

「なんだか乗りかかった船みたいで、今さら下りられなくなったの。自分でも、こんなに忙しくなるとは思わなかったわ」

「忙しいのは結構だけれど、それじゃお身体によくないわ」

店のことは叔母が何もかもひとりでやっている。近ごろはマスコミにも隆子の店が取上げられることが多くなり、特殊な人がくるようになった。それがまた一種の評判を呼んでいる。

もともと隆子がはじめたのは、そういう特定の人を相手の仕事だった。一般化されない作品、個人の好みにだけ合うデザインに興味を持って、半ば趣味的にやったことである。それが今のように繁昌したのは次々と評判を聞いて客がついたからだ。悪口を云う者は、特権意識が強いとか、女の特殊な虚栄につけこんでいる、とか非難していた。

しかし、隆子は、自分にはこういうやり方しかないと云っていた。誰にでも合うような器用なデザインは出来ないというのである。店は拡がった。それは半ば隆子が意識して拡張したことだが、そこにも彼女の経営的な新しい工夫があった。ほかの人のやらないことをやりたいというのが隆子の意図なのだ。

「偶然、それが今の好みに合ったのね」

前に隆子が云ったことがある。彼女によると、洋装のデザインも、経営の創意も同じ線につながるというのである。

麻佐子は叔母の様子から、叔父との間にそれほどのトラブルはなかったものとみた。隆子が疲れているというのも、やはり仕事の上のことらしい。それも経営のほうをひとりで背負っていると、こちらの分らない苦労があるに違いない。たとえば、財政的な面である。叔父の信雄があいう性格だけに、これは相談してもはじまらないのである。隆子は、そういう面を相談するマネージャーを置いていなかった。

麻佐子は食事のあとまた九州旅行の思い出を話したが、やはり山林の売買のことにはどうしてもふれられなかった。

帰宅した麻佐子は京都行を母に話したが、やはり今度は駄目だった。

——芦名隆子は京都駅に降りると、すぐに三条に近いホテルに入った。宿の裏に流れている鴨川《かもがわ》には遅い午後の陽射しが当っていた。

荷物をそのままにして、しばらく窓のほうを放心したように見ていた。卓上電話で交換台に番号を告げたのは、およそ二十分も経ってからだった。その間、じっと風景の一点をみつめたままだった。

ベルが鳴り、彼女は受話器を取上げた。

「わたくし、東京からきた芦名ですが、ご主人、いらっしゃいますか？」

それから先方が出るまでしばらく待っていたが、

「芦名でございます」

と、当の相手の声を聞いて云った。受話器から洩れるのは年寄らしい嗄れた声だった。

「今からそちらに伺わせていただきますが、ご都合はいかがでしょうか？」

よろしい、という返事があったらしく、受話器を置くと、支度を直した。別に風変りな洋装ではない。むしろ平凡な好みなのである。

車を呼んでもらって玄関に降りた。

「西陣《にしじん》に」

運転手に告げた。

車に乗っている間、隆子は京都の街の流れを無心に見ていた。だが、瞳は据わっていた。

建物にも、通行の人間にも眼を向けるではなかった。

「西陣のどっちゃのほうどす？」

と、運転手が訊いた。指定したのは西陣会館のある近くである。

この辺は西陣の業者が多く、家の造りも京都らしい華奢な中にどっしりとした構えが多かった。隆子が入ったのは、京都の特徴のある碁盤の目の四つ角とは違い、家と家との間の路地だった。といっても、これはかなり道幅のあるもので、正面が突き当りとなって、門のある家になっている。それも東京あたりで見受けるような威圧したものではなく、いわばお茶の宗匠が住んでいるような洒落た低い構えである。つい気易く入って行けそうな庶民的な好みだった。

隆子はベルを押した。玄関までには、茶室にでも行くような自然石が、苔の付いた地面に埋まっている。その石も田舎家の石臼だったりして、目立たないところに凝った工夫がつけられていた。

もともと、この辺はそれほど騒がしい通りではないが、表通りから一歩入っただ

けでもしんと静かである。玄関に出てきたお手伝いさんがやはり静かなもので、取次を頼むと、

「ようこそ」と、膝を横にすべらせた。

家は古い。そのお手伝さんの案内で磨きのかかった狭い廊下を踏んだ。中庭があり、広くはないが、苔の付いた蹲《つくばい》の石など置いて、竹の樋から水が落ちている。光線が通らず、庭の樹の間に蒼然とした闇が湧いていた。

案内されたのも八畳くらいの間で、天井の低い古風な感じである。床の間には短い山水の軸が懸っている。それ以外装飾らしいものはなかった。むしろ木組みの変化を客に見せる仕掛になっている。

外側の障子のずっと上のほうに夕陽が当っていた。

お手伝いさんが茶を出してからしばらく待つと、廊下から軽い足音がした。隆子は、障子をあけて入ってきた老人を見た。小さな身体で、鶴のように痩せている。年を取って縮んだという感じだ。顔の輪郭も眼が落ち窪み、顴骨《ほおぼね》が出ている。ただ、きれいな白髪が櫛目正しく分けられていた。むろん、和服に角帯で、前掛を垂らしていた。

「やあ、あんさんが芦名はんどすか？」

老人はせかせかした感じで坐った。窪んだ眼窩から眼玉だけが大きい。

「お邪魔に上りました。今度は下沢江里子さんを通じて大へんご無理なお願いをいたしまして」

「へえ」

老人は痩せた手を出して自分の茶碗を抱えた。その間も大きな眼がじろじろと隆子に当っている。

「下沢はんから、あんさんのお話はよう伺ごうとります」

咽喉にごろごろと痰を鳴らしているような声だった。

「下沢はんはええ女子はんどす。あのお方は見どころのある女優はんどすなア」

「はい、とても有望な方でございます」

「そうどす。人間もしっかりしといやすし。……わてはこういう商売しとりましてもそのお方のお人柄本位どす。どないに表を張っといやしても、それだけでは信用でけいたしめへん。そらわてのようなとこでも名の有る社長はんが仰山足を運んどいやすけど、担保や何んやいう口はほかの同業の方にお任せして、わては人物本位に決めとりますねん」

「はい、それは伺っています」

「そやよってに、ま、きびしゅう選り好みさしてもろとりますけど、世間さんではわてのところで金借りられたら、それだけ箔がつくとお云やして、妙な信用をもろとりますのや。下沢はんも、いわばわての眼に叶うた女子はんや。あのお方は、そやよってにわてから金借りたいうことを大ぶん自慢に吹聴しといやすそうどすなア」

調子は柔かだった。

8

老人は岸井亥之吉という名であった。骨董商ということだが、別に店を持っているわけではなかった。十年前、四条河原町《しじょうがわら》に「亥玄堂」という名で店舗を出したことはあるが、今はやめている。金貸しが現在の商売だった。

岸井亥之吉が普通の金貸しと異うのは、客を択り好みすることである。抵当や担保物件の評価のことではない。むろん、会社などが相手ではそれが大事な条件になるが、個人に貸す場合、彼は担保などをあまり重視しなかった。

金貸しとして危険なことだが、彼はときには担保物件が何一つない者にも融通した。それでいて、あまり失敗がないというのが彼の自慢であった。

「わての抵当は、人間や」

岸井亥之吉はよく人に云っていた。

金を借りにくる人間を見て、この人なら大丈夫と思えば融通する。それも出来上った人物ではなく、現在はさほどでなくとも、将来伸びる人間だと見極めをつけてのことである。連帯保証人というのも問題にしなかった。いわゆる信用貸だが、そこに岸井の特別な眼があった。彼は、そのカンを働かせて人物の目利きをした。そ
れが奇妙に当る。どこでも相手にされない人間が、彼から金を借りたことでぐんぐん伸びた例は少なくない。人間に惚れたとなると、とかく主観に狂いがくるものだが、彼の場合、自分でも自慢するように、それほどのしくじりはなかった。彼から金を借りた者は、恩義を感じて利子以外に余分な礼をした。

だが、その金銭的な謝礼よりも岸井にプラスするのは、「恩」にあずかった連中が彼のことを吹聴してくれることだ。それで岸井は人物をよく見抜くという評判をとった。もしかすると、彼の本職だった骨董の鑑定よりも秀れているかもしれないという評判もとった。

このことは、逆に借手に無形の信用を世間から得させた。岸井さんから金を借り

たということが一つの勲章なのである。岸井老人が自慢するのもそれだ。

しかし、この人物テストは、当然のことながら極めてきびしい。衣服を飾って金を借りに行ったところで岸井の前には何んの役にも立たない。どのように弁舌が巧くとも岸井の眼は誤魔化されなかった。彼から金を借りて成功し、いま世に出ている者はずいぶんといる。

芦名隆子が女優下沢江里子から岸井亥之吉の話を聞いたのは一ヵ月ぐらい前である。下沢江里子も老人から「信用され」て金を借りた女だ。

当時江里子は女優としてはほんの駈出し程度だったが、ひとりで岸井のところに乗りこんで借金を申込んだ。岸井は、よろしゅおす、と云って彼女の云うだけの金をぽんと出した。抵当らしいものは何もなかった。江里子は、その金でそれまで貧弱だった自分の生活を改善した。彼女が売出してきたのは、その直後である。

もとより、豪華なアパートを借りたとか、きれいな洋服を作ったとか、関係者に気前よくご馳走したというようなことは女優の出世とはあまり関わりはない。だが、江里子の場合は、そこから彼女の才能が認められる道を開いたといえる。それに京都の岸井老人から彼女が金を借りたということも、事情を知っている者には眼を瞠らせたのだった。

その岸井老人は貧弱な身体を前かがみにして、隆子の前に猫のように咽喉を鳴らしている。

「どのくらい借りていただけますのんか？」

と、老人は柔らかい言葉で訊いた。短い煙管《きせる》の先に二つに折った巻煙草を詰めて、下を向いて吸っている。あんまり相手を見ようともしなかった。

「さしあたり一億円ほどお願いしたいんでございますが」

隆子は切り出した。

「さよか」

老人は煙管をくわえた口からぱくぱくと蒼い煙りを吐いて、

「たしか、芦名はんは女子はんの洋服をお作りやすいうことどしたな？」

「はい」

「お店は銀座どすか？」

「そうでございます。そこが本店で、ほかに二つほど支店を持っております」

「店員はんはどのくらいいてはりますか？」

「全部合わせて六十人ぐらいでございます」

「仰山いたはるなア。そんで、縫子はんはどのくらいどす？」

「アトリエが三つありまして、縫子だけで百五十人近くいます」

「そら大きい。そんで、あんさんが一人でデザインをやらはるのんと違うのんどっしゃろな？」

「そういう人間は十人くらいおりますけれど、やはりお客さまはわたくしを目当てにおいでになりますから、一応は見ませんと……」

「そうどっしゃろな。そんで、お店の土地はみんなあんさんのものどすか？」

「いいえ、銀座と新宿店はどうしても所有主が譲りませんので、これは借地でございます。ほかはわたくしの土地になっております」

「さよか」

老人はうなずいて、

「よろしおすやろ。出しまひょ」

「ありがとうございます。それで、抵当のことはどういたしましょうか？」

「そやな、あんさんのほうで気が済まなんだら、その自分の土地だけでも入れてもらいまひょか」

「ざっくばらんに申しますけれど、その土地は全部担保に入っております。なにしろ、店をどんどん拡張したり、設備に金を食いましたので、そのときに借入した銀行に担保として入れております」

「ほなら、もう一ぱいどすか？」

「少しは余裕がございますが……」

「そんなら、もう、そないに面倒なことは省きまひょ。担保はいりまへん」

「えっ」

隆子は眼をみはったが、老人にむかって頭を下げた。

「ありがとうございます」

「期限はどのくらいでっしゃろ？」

「一年間はいかがでございましょうか？」

「一年」

初めて岸井老人が首をひねった。

「そら、ちょっと長うおすな」

「長いでしょうか？」

「半年にさしてもらいまひょうか。そいでもまだご入用だったら、そのときに契約を更新するちゅうことにして」

「結構でございます」

隆子はもう一度頭を下げた。

岸井亥之吉は、利子がどれだけ、返済期日がいつ、といったことを契約書に書き入れて、隆子に実印を捺させて交換をした。

「そんなら、これをどうぞ」

亥之吉は小切手帳に金額をその場で書いて渡した。もちろん、頭から利子を引いたものである。かなり高いが、仕方がなかった。

「これで、あんさんもわてから金を借りたちゅうことを吹聴しやはったらよろしい」

岸井老人はニヤニヤして云った。

「ありがとうございます」

「あんさんの信用がつきまっせ」

「あんじょうやっとくれやす。貸したお金が二倍にも三倍にもなるようにしておくんなはれ。……今までわてが見込んだ人は大てい成功しやはってる。まあ、しくじりは十人に一人ぐらいの割合でっしゃろ。それかてまるきり損をしたちゅうことはおまへん。元手ぐらいはちゃんと取立てますさかいにな。ただ、わての云うしくじりいうのは、そのお方が見込んだ通りにならはらしまへんときどす」

岸井老人は自分の目利きが自慢だったが一つは、それによって借り手に自信を与えるつもりがあるのかもしれない。事業にも一つの呪術が必要なのである。老人の言葉は或る意味で護符のようなものだった。

「これからどないしやはります？」

隆子が小切手をハンドバッグに収めるのを見て老人は訊いた。

「ホテルに帰って少し憩み、今晩東京に帰りたいと思っています」

「おひとりはんどすか？」

「はい、そうです」

「せっかく東京からわてを見込んでわざわざお越しやしたんどすから、食事ぐらい差上げとうおす。つきおおておくれやすか？」

「いいえ、そんな」

隆子は少しおどろいた。岸井老人の評判はケチで通っていた。

「とんでもございません。お金を拝借した上に食事まで戴いては申しわけございませんわ」

「遠慮やったら無用どすえ。そんな斟酌はいりしまへん。そや、わても丁度外に出て何んぞ食べたいと思うていたときどす。ホテルの洋食を食べはってもおいしゅうはおへんやろ」

岸井老人は煙管を古風な筒入れに収めて起ち上った。

隆子は素直に老人の云う通りになった。金を借りているのだから、それくらいのつき合いは仕方がないと思った。彼の様子からみて気持がはずんでいるようである。

岸井老人はタクシーを停めさせた。これだけの資産を持っていても自家用車を置くではなく、また出入りのハイヤー屋を頼んでいるでもなかった。着いたところは木屋町《きやまち》近くの中程度の料理屋だった。それでも座敷のうしろには鴨川の岸が見えている。

「こら、下沢はんから聞いたんどすけど、あんさんお独りで今のお仕事をやったはるそうどすな?」

二人の客だから小部屋だった。食卓を挟んで対い合った。女中は料理のものを運んでくる以外はあまり寄りつかぬ。

「はい。まあ、何んとなくそんな恰好になりました」

下沢江里子がどの程度自分のことをこの老人に話しているのか分らない。

「さっきちょっと聞きましたけど、そら、女子はん独りではえらい事業どすな。金も相当かかりまっしゃろな」

「やっぱり相当に出費がございますから」

「そら、そうどっしゃろ。商売してはると金繰りがえろうおっしゃろ。そんで、ご亭主はあんまりお手伝いしやはらしまへんのか？」

　下沢江里子が岸井に話しているらしかった。

「主人は商売のほうは不向きで、あんまり頼りにならないんですの」

「そやったら、あんさん独りが何んでも仕切っておいでやすのやな？」

「そうでございます」

「そら、しんどいわな」

　老人は絶えず咽喉をごろごろさせては声をかすらせた。見ていると、料理は片っぱしから一物も残さずに食べている。いかにもおいしくてならないといった口の動かし方だった。

　隆子は初め多少の警戒を持っていた。老人といっても気を許すわけにはいかない。金の貸方もほとんど無担保なのである。話には聞いていたが、それでも女という自分の条件を考えずにはいられなかった。

　だが、差向かいで食事をしながら話していると、そんな不安は少しも現われなかった。老人はやはり隆子の顔をあんまり見ずに、もっぱら料理のほうに眼を落している。が、それでいて彼女は、老人の別な眼がずっと自分を見まもっているような気がした。商人の眼である。老人は無駄に食事に誘っているのではなかった。隆子は、自分がここで試験されているような気がした。

「ときに、下沢はんはどないしてはります？」

岸井は飯になってから訊いた。酒を飲まないので食事になるのも早かった。

「はい、ずいぶん元気でございますわ」

「さよか。もう一年ぐらいあの人とも会いまへんな。近ごろ新聞に出ている映画の広告やなんかで大けな名前を見ますが、まあまあ、あの人も成功して何よりどす」

「ほんとにお蔭さまだと申しておりましたわ」

「そやな、最後にお会いしたのは、祇園《ぎおん》のほうのお茶屋さんどしたな」

隆子は、岸井老人の声の調子がそのとき少し変っているのに気がついた。それまでは商売人の調子だったのが、ふいと私生活を話しているような語調になった。

隆子は、おやと思った。

まさかと思う。まさか下沢江里子がそんなことをしたとは思えない。

「金ちゅうもんは忙しいもんや」

岸井老人が云ったのが、食事を終って隆子の心に残った言葉である。

「またなんぞお役に立つときは云うて来とうおくれやす」

「はい、ありがとうございます」

老人は手を叩いて女中を呼んだ。

「お客はんに何ぞお土産はないか？」

「いいえ、それはもうどうぞお気遣いなく」

隆子が止めるのも知らぬ顔で、

「なあ、何ぞないか？」

「はい、いつものものがございますけれど」

「そんなら、あれでええ。……なあ、芦名はん、京都の名物いうたかてろくなもんはおへん。東京のものに比べると、ほんまに田舎臭うおす。まあ、珍しゅうはおへんけど、千枚漬を持って行っておくれやす」

「そんなことをなさっては、申しわけございませんわ」

「なあ」

と、今度は女中に、

「なんぼとなんぼのがあったかいな？」

「はい、二千円と三千円のとがございます」

「三千円のがええ。三千円のを持って来てんか」

「はい、かしこまりました」

「ああ、ちょっと。その三千円の樽をな、二樽持って来てんか」

老人は大きな声で云った。客の前で土産物の値段を聞かせるのも、この老人の性格を思わせた。

食事は二時間くらいで終った。ホテルに帰る隆子には料理屋出入りのハイヤーがきた。もっとも、これは距離が短い。

「またどうぞ来ておくれやす」

老人は玄関まで見送ったが、

「そやな、来月あたり用事があるさかい、東京に行くかも分らへんけど」

独りごとのように云った。もちろん、隆子に聞かせる言葉だった。

「あら、そうですか。では、どうぞ、狭いところですが、わたくしの店においで下さいませんか。歓迎いたしますわ」

「へえ、おおきに」

岸井老人はしなびた顔に皺を寄せて笑った。

隆子はホテルの部屋に帰って、急に張りをなくしたようになった。窓の京の街には灯が入っている。小切手の入ったハンドバッグをそのままにして、窓辺にぼんやり立っていた。うつろな眼だった。

窓から離れて椅子に坐っても疲労したような姿勢だった。白い壁には京都の風景を版画にしたのが額に懸っている。隆子は、その画の五重塔に虚脱した視線を当てていた。

（えろう金が忙しゅうおまんな）

老人の声が耳についていた。

岸井亥之吉から下沢江里子への手紙。

「芦名隆子さんがあなたの紹介で見えました。あの人は私の鑑定に合った人だと思うので、云われた通りの金額をお貸しすることにしました。なかなかきれいな人です。ところで、芦名さんは一年間貸してくれということでしたが、わたしがその期限を半分に値切りました。

なぜ、半年に期限を縮めたか。

芦名さんを見ると、やり手とは思いますが、どこかにまだまだ私を安心させないものがあります。それは、あの人の腕がどうというわけではなく、何か心配が感じられるからです。そのため全面的に芦名さんの申出を受入れることができなかったのです。だから、一年というのは私にとって長すぎる。半年ならまず大丈夫だと思いました。不安だからまるきり金を貸さないというのではありません。これは、まず半年がいいところだと思ったからです。言葉をかえると、芦名さんは、半年先がどうなるか分らないということなのです。

そういう心配が芦名さんに感じられる。それは仕事のことからではないように思われます。もっと別なことのように思います。私も商売ですから、まあ半年は大丈夫だと思ってそれだけの期限で金を用立てました。

私の眼が狂っていれば、芦名さんにとって仕合せなのですが。……」

9

朝の七時半ごろ、倉田麻佐子は、お手伝いさんが外からかかってきた電話を受けているのを聞いた。

「少々お待ち下さい」

お手伝いさんは受話器を置いて、母を捜すふうだった。

「どこから？」

麻佐子は訊いた。

「あの、杉村さんとおっしゃる方から奥さまにということですけれど」

杉村の名前で麻佐子にはすぐに通じた。杉村武雄に違いない。杉村武雄は隆子の経営している洋裁店の支配人格だった。

麻佐子は電話を代った。

「麻佐子です」

「ああ、麻佐子さんですか。どうも朝早くから済みません」

やはり杉村武雄だった。

「お早うございます。母はちょっと今そこいらに見つかりませんけれど」

「いいえ、あなたで結構です。……あの、ウチの先生がお宅に行っていませんか」

隆子のことだった。

「いいえ」

麻佐子はどきんとした。時間が時間である。

「どうかしたのですか？」

「いや、それならいいんですけれど」

杉村は口を濁していた。

「ちょっと待って下さい。叔母さまは京都じゃないんですか?」

「はあ、一昨日発たれまして一泊の予定でしたから、昨日中にはお帰りになってるはずなんですが」

そうだった。隆子は麻佐子を誘ったとき、京都は一泊だと云っていた。

「向うの用事の都合で一日延びたんじゃないんですか?」

「はあ」

どうも杉村の返事が遠慮がちである。そうだ、杉村のことだから、もし隆子の予定が延びたと知ったら、京都のほうに問い合わせているに違いないし、また隆子も京都からその旨を連絡してくるはずだった。杉村がこの家に電話をかけるのは、それがなかったからに違いない。むろん、叔父の信雄も知らないことであろう。

それにしても、一日ぐらい予定が延びることは誰にでもある。朝早く杉村があわてて電話をかけるのはよほどの事情であろう。

「急用なんですか?」

「はあ。その、実は来週から秋もののファッションショーを店で開くことになっているんです。それで、先生と打ち合わせがあるので、昨夜もずっと待っていたんですが」

麻佐子もファッションショーのことは聞いている。もっとも、ぼんやりしていて、それが来週からだとは気がつかなかったが。

隆子のファッションショーは、いまやデザイン界で一つの話題となっている。場所こそ店の中の広間を使う内輪的なものだが、このショーによって秋の計画が決定されるのである。これはごく限られた少人数の招待客だけの集りだが、なかには、新聞記者の連れのような恰好をして様子を探りにくる競争相手もあった。それだけ隆子のデザインは注目されている。

杉村にしてみれば、年に何回かの大きな行事の一つだから、隆子が戻っていないとなると相当な狼狽に違いない。

杉村はもともとディスプレイなどを専門にやっていたデザイナーだが、今では隆子の意図を店のマネージメントに生かしている。

「杉村さん、いま、どこ？」

「はあ、銀座の店に来ています」

「あら、こんなに早く？」

杉村のあわてかたが分る。

「じゃ、そっちにこれからわたくしが参りますわ」

「えっ、あなたが？」

「とにかく会ってから」

電話を切った。

麻佐子は胸騒ぎがした。普通でないものを感じる。今までは隆子にそんな不安を持ったことはなかった。これも九州の山林問題以来である。

隆子は、なぜ、連絡もしないで帰京を遅らせているのだろうか。むろん、彼女を待っている仕事が東京に山積していることは自身でよく分っているはずである。のうのうと見物しているわけではあるまい。出発の前麻佐子を誘ったときも、はっきり一泊だと云い切っている。

麻佐子は、母には友だちとの約束を思い出したと云って家をすぐに出かけた。タクシーの中で朝の涼しい風を窓から受けているのに、悪い想像ばかりが起った。それも明確なものは一つもなく、漠然としたものだ。

――初めから隆子が帰京の予定を遅らせるつもりだったら、京都行を麻佐子に誘いかけるはずはない。また、隆子に秘密の用事があれば、麻佐子の同行を求めるわけはないのである。だから、これは何か突発的なことが隆子の身に起ったとしか考えられないのだ。

麻佐子は反射的に信雄を考えた。

信雄は、近ごろ余計に自分の殻の中に閉じ籠ってきた感じである。悠々と本など読んでいるが、どうも妻の隆子からは離れて行っている感じがしないでもない。もともと、前から自分だけの世界に閉じ籠る性格だったが、このごろはそれがもっとひどくなったようだ。それは或る大学の講座など持ちはじめたからでもあろうが、そういうことを引受けること自体が彼の逃避と見られなくもない。隆子のことには一切干渉しない。妻の仕事も関知しないし、妻の店が世評を得て伸びて行っても何の興味もみせない。

それは前からだが、それでも今までは夫婦の香りといったものが感じられた。性格が違うから、かえって夫婦仲はよかったのである。だが、最近の感じでは、その性格の相違が悪い結果のほうに引きつけられてゆくような気が麻佐子にはする。

今朝も信雄は、必ず本に眼をさらして静かに構えているに違いなかった。

銀座の店は、表の戸が閉まっていた。横手の潜り戸を押すと、それはすぐに開いて、店の電灯が足もとを照らすだけで、二つばかりともっている。

気配を聞いて二階から杉村が降りてきた。彼は三十五、六だが、仕事が仕事だけにベレーをかぶり、格子縞のシャツに青いズボンをはいている。どう見ても支配人という恰好ではない。

「やあ、早いですな」

杉村は痩せた頬に深いえくぼを見せた。まだ顔を当ってないらしく、伸びている髭が余計に彼のうろたえぶりを感じさせた。

麻佐子は彼に従いて二階へ上った。隆子の個室は閉まっているので、客用の応接間に坐った。ここは広いので、客の求めによっては寸法を取ったり、仮縫をしたりしている。

窓は開いていて、もう銀座の静かな午前中の光が射しこんでいた。ぼつぼつ近所で戸をあける音がしている。

「杉村さん、叔母さまの京都の心当りは分らないんですか?」

麻佐子はすぐにその話に入った。

「それがぼくにもないんです」

杉村は脚を組み、頬を指先で掻いた。

「だけど、デザインの用事で京都にいらしたんでしょ?」

「はあ、そうだと思います」

「あら、はっきりご存じないの？」

「今度のことは別に詳しく伺っていません。ただ京都のホテルの名前だけ聞いています。そこにも電話をしたんですが、そこは一昨日の晩に引払っていらっしゃいます」

「そういうこと、今までときどきありました？」

「いや、それはあまりなかったですな」

「あまり？　じゃ、ときたま、それに似たことがありましたの？」

「いや、なかったです」

杉村は答えたが、その表情に軽い動揺があった。

「どうしたんでしょう？　わたくし、その京都行を叔母さまから誘われましたわ」

「だそうですね。お断わりになったと、先生から伺いましたよ」

麻佐子は、もし叔母に隠れた用事があれば、自分を伴れて行くはずはないと思う。それを叔母のカモフラージュと考えるのはあまりに意地悪すぎる。そう思いたくはないのだ。

「何か不意の事故があって連絡が絶たれてるんじゃないでしょうか」

「不意の事故というと？」

「大へんいやな想像ですけれど、たとえば、車で走ってて、それが事故を起し、叔母さまが意識不明になってるような場合ですわ」

「しかし、それは考えられませんね。先生は荷物を持っていらっしゃいますし、いつも名刺をちゃんと入れてらっしゃいますから」

「そうですわね」

麻佐子も杉村も不安な顔を見合わせた。だが、麻佐子から見て杉村はもっと何かを知っているような気がした。

だが、それを訊いても彼は云わないに違いない。電話のときも彼の言葉は妙に曖昧なものがあった。

「ファッションショーを控えているから、杉村さんもほんとに心配ですわね」

「はあ。なにしろ、来週ですからね。まだまだ先生からいろいろ聞かなければならないことが多いんです。実は昨日一日、その心づもりにして予定を立てていたんですが、すっかりアテがはずれました。そのぶんだけ残りの時間に皺寄せがゆくわけです」

「それは叔母さまもご承知なんでしょ？」

「そりゃもう先生のほうがいらいらしてらっしゃいましたから」

「叔父さまのほうには何か電話でもなさいまして？」

麻佐子は、自分ではかなり大事な質問だと思ったが、それを杉村に感じさせないようにさりげなく話した。

「はあ。今朝お宅にお電話する前に、やはり電話で伺いました。ご主人は出てらっしゃいませんが、お手伝さんからまだ帰宅なさっていないのを聞きました」

信雄はどんな気持でいるだろうか。麻佐子は、彼の動じない静かな横顔を想像した。

「杉村さん、あなたが困ってらっしゃるのはショーの準備だけですか？」

麻佐子は、いつまでも外側を探るだけでは困ると思い、思い切って訊いた。

「えっ、何のことです？」

杉村の眼が麻佐子に見開いた。

「ほかに何か迷ってらっしゃることはないんですか？　たとえば、経営上のことなど」

「経営ですか。いや、そっちのほうはご存じのようにうまく行っていますよ。うまく行きすぎてるくらいです」

「そう」

「ただ……どうも金繰りの点が、実はちょっとスムーズにゆかないこともあるんです」

麻佐子ははっとした。それこそ彼女が山林のこと以来ひそかに疑惑を持っている点だった。

「でも、金繰りといったって、こういう大きなご商売をなさっていらっしゃるんですもの、どこのお店だって、それは楽じゃないんじゃないですか？」

「はあ、それはそうですが……ただ、最近になって急に少し苦しくなったようですね。ぼくには内容のことはよく分りませんが」

杉村は店の支配人だが、その関係上、経理のことも少しはタッチしていた。それが内容のことではよく分らないという。麻佐子にはその言葉が納得できなかった。

杉村は麻佐子の表情を見て、その気持が分ったのであろう、彼は、その答ともつかない呟きを云った。

「先生は前の方針と少し変りましてね、経理のことはほとんどご自分で見ていらっしゃいます」

隆子が店の経営をひとりでしていることは前からだが、杉村は、自分が手伝っていた経理面も隆子から閉め出されたという口ぶりだ。

「そういう傾向になったのはいつごろからでしょうか？」

「そうですな、この二年前からそういうことになったようですね」

二年前――それでは相当以前からの現象である。

もっとも、隆子の仕事は、その時分から急激に伸びはじめたので、その関係からとも思われる。

だが、これは麻佐子もっと考えてみなければならない問題だった。もちろん、叔父との関係ではない。信雄は没交渉なのである。

麻佐子は、もっと杉村からいろいろ訊き出したかった。彼はまだ何かを匿しているようだ。ただ、それが隆子のことなので、たとえ姪の麻佐子でも云えないのだろう。同様に麻佐子も隆子の立場を考えて、すぐには露骨に訊けなかった。

隆子には何かがある。その輪郭だけでも早く知りたいが、その質問は直接に隆子の中心に入って行くことになる。

麻佐子はふと思い出して、

「ねえ、杉村さん。下沢さんにお訊きになった？」

「はあ、訊きました」

「で、どうだったの？」

「下沢さんも全然心当りがないとおっしゃいました」

それはおかしい。麻佐子がこの前ここに来たとき、下沢江里子はたしかに、「あちらによろしくね」と云っていた。あちらとは誰のことだか分らないが、江里子は隆子が京都に行く用事を或る程度知っていたのではないだろうか。

それが杉村の質問にも全然心当りがないというのは、江里子も事実を匿しているのではないか。そうすると、隆子の分らない行動の裏には江里子があると考えないわけにはいかなくなる。——

このとき電話のベルが鳴った。

九時近くである。隆子からの連絡かと思い、麻佐子は杉村と思わず眼を交した。

彼は受話器を耳に当てた。

「……はあ、そうです」

最初の声を聞いた杉村は、こっちをみつめている麻佐子に、違った、という表情をした。

「はい、ただ今ちょっと出てきていませんが」

隆子に用事の人らしい。

「はい、多分、今日の午後にはこちらに参ると思いますが、どなたさまでしょうか？」

杉村が相手の名前を聞いて、

「えっ、海野さま？」

と訊き返した。

麻佐子は、心臓が物にふれたように高く鳴った。

海野——忘れもしない名前である。わざわざ平塚まで行って聞いてきた、不動産屋「湘南商事」の主人の名前ではないか。

東京に引越したまま所在の知れない相手が、いま電話をかけてきている。

「杉村さん」

麻佐子は椅子を倒すようにして起った。

「わたしが、出るわ」

わけの分らない顔で杉村が受話器を麻佐子に渡した。

「替りましたけれど」

麻佐子はすぐに云った。

「海野さんとおっしゃいましたけれど、もしかすると、平塚市にいらした方じゃありませんか？」

「えっ」

受話器の奥の声は太く、

「あなたはどなたで？」

と、訊いてきた。

「ここの主人の芦名隆子の姪に当る者です。倉田麻佐子と申しますけれど、海野さんでしたら、わたくし、ぜひお目にかかりたいんですが」

「はあ……」

と、向うでは、不意のことで戸惑っているふうだった。あるいは躊っているともとれる。

「決してご迷惑はおかけしません。ほんのちょっとお目にかかってお話したいことがございますの。いま、どちらからおかけでございますか？」

麻佐子は、この機会を逃してはならないと思い、かぶせるように云った。

それが上手に当って、

「新宿東口駅前のアテネという喫茶店にいます」

と、相手は釣りこまれたように答えた。

「それじゃ、これからすぐに車で参りますわ。三十分以内にそちらへ参れると存じます。恐れ入りますが、それまでお待ち戴けません？」

10

新宿の東口は、しばらくこないと、様子が一変している。思いがけない建物が忽然と出来上がっていたりして戸惑うくらいである。

喫茶店「アテネ」は駅の近所で分るだろうと思ったが、麻佐子は皆目見当がつかなかった。タクシーの運転手に捜させて車をぐるぐる回らせたが、こんな無駄な時間が気が気でならなかった。そんなことをしている間に、相手が待ちきれなくて店から出て行きそうである。

それでも、個人タクシーの年取った運転手は親切で、ようやく新築のビルの陰に、その店を見つけてくれた。これなら、どう捜しても分らないはずで、麻佐子も見たのが初めてである。小さな間口の花屋の裏側に、洒落てはいるが目立たない看板が出ていた。

麻佐子が入ってゆくと、客の五、六組が卓についていた。海野正雄といっても、顔を見たことがないので知りようもなかったが、奥まった隅に新聞をひろげている額の禿げあがった男がそれだと見当をつけた。五十くらいの人で、肥っている。ほかに連れもなく、前のコーヒー茶碗が空になっているので間違いないと決めた。

先方も麻佐子の靴音で顔をあげたが、その血色のいい、まるい顔が突然意外なものを見たような表情になった。眼を大きく開いて麻佐子をみつめたのである。

「海野さんでしょうか？」

麻佐子はほほえみを浮かべて前に立った。

「はあ」

海野という男は麻佐子をまだ見ていたが、ぶしつけと思えるくらいである。相手は若い女に遠慮のない眼を向ける年齢とみえた。だが、さすがに彼はすぐに眼をそらし、新聞をたたんで横に置いた。

「電話で倉田麻佐子さんとおっしゃいましたね。どうぞ」

向かい側の椅子を指した。

「遅くなりました。この店がちょっと分りにくかったものですから……大ぶんお待たせしたと思います」

「いや」

海野は店の者を呼んで、紅茶を二つ注文した。

「しかし、おどろきましたな」

と、彼は初めて普通の眼で麻佐子を見た。

「あなたが倉田さんとおっしゃらなくても、すぐに分りましたよ」

ああ、この人は、自分の顔が叔母に似ているので、さっきのような眼つきをしたのだと麻佐子に初めて分った。

「実際、芦名の奥さまにそっくりですな。あの奥さまがお若いときと瓜二つだろうと思います。失礼ですが、まさか妹さんでは？」

「さきほどのお電話で申し上げたように、姪でございます」

「ああ、そうですか」

海野は不動産屋をしていたというだけに会ってみてなかなか如才がなかった。

「もう一つ愕いたことがありますよ」

彼は煙草をくわえた。

「ぼくが電話をおかけしたのに、よく平塚の海野だということがお分りになりましたね？」

か？」


「ええ」

麻佐子が曖昧に口ごもったとき、注文の紅茶が運ばれた。

「……それは、なんですか、ぼくのことは芦名の奥さまからお聞きになったんですか？」

「いいえ、叔母からは全然うかがってませんわ」

「そうでしょうな」

この、そうでしょうな、という云い方は、いかにもそうあるはずがないと信じている口ぶりに聞こえた。だから彼は、麻佐子が急に現れたのを不思議がっていた。これは、隆子と海野との取引を誰にも洩らさない約束だったことを裏書きしていた。

「どうしてぼくのことがあなたに分ったんでしょうか？」

彼はその疑問を口にした。

「九州の長留の守谷さんという人をご存じでしょうか？」

麻佐子は問い返した。

「ああ、守谷さんがそれを云ったんですか？」

彼は自分で合点し、これも予想外だという顔だった。

「そうじゃありません。その守谷さんのことはほかのほうから聞いたんですの。つまり、叔母の持っていた長留の山林を守谷さんがお買いになった、その仲介を海野さんがなさったと、そう聞いたんですの」

「しょうがないですな」

海野は渋い顔をした。

「その一件は奥さんの意志で、絶対に他人には黙っているという約束になってるんですがね。……しかし、そのことで何か面倒なことでも起ったんですか？」

海野は少々心配そうだった。眼の細い、鼻の低い男である。頬がふくれているから鼻が小さく見えるのかもしれない。

「いいえ、そうじゃありません。それを知っているのはわたくしだけなんですの」

麻佐子が先回りして云ったのは、海野の心配がどうやら叔父の信雄にあるように思われたからである。つまり、隆子夫婦の間のことを懸念しているようにみえたのだが、彼は麻佐子の返事で果して眉を開いたようだ。

「そうですか。ですが、あれは大ぶん前のことですよ。もう、そろそろ二年くらいになりますかね」

「それも知っています。わたくしが伺いたいのは、その斡旋は海野さんのところに直接叔母が行ってお頼みしたかどうかということなんですの」

「はあ。それでしたら、まだ、わたしが平塚に湘南商事というのを持っていたときですがね。或る日、奥さまが訪ねてこられて、そんなご相談をなさったのです」

「叔母は、どうしてあなたさまのことを知っていたのですか？　これが東京でしたら、新聞広告を見るとか、人から話を聞くとか、看板を見たとかいうことがありますけれど、平塚だと少し離れすぎて、それが考えられないんですが」

「わたしも、そのへんはよく分りませんがね」

海野は小さな眼を伏せ、思い出したように煙草をくわえて、自分の顔の前に煙を撒いた。

「それとも……」

麻佐子は紅茶を一口すすって質問をつづけた。

「海野さんは、長留の守谷さん、つまり山林の買主の方とは前からご存じだったたんでしょうか？」

「いいえ、それは初めてです」

「では、その山林を長留の人に売るようにというのも叔母の意志だったんでしょうか？」

「長留の人というよりも、どこかに売りたいというおつもりでしたね。けど、ああいう辺鄙なところですから、まさか東京の人に話をまとめるわけにもいきません。それで、周旋屋仲間に話し、九州の仲間から守谷さんに話をつけたのです。わたしはその仕事で二度ばかり行って来ました」

「そうですか。お訊ねしにくいことですけれど、あの山林は、大体、どのくらいで売れたものでしょうか」

「たしか八千万円近くだったと思います」

八千万円——叔母の商売からいって大きすぎる額ではない。金ぐりに困ったとしても、どうしてそんな程度で山林を処分しようとしたのだろうか。しかも叔父には内緒にしてである。

「そのときのお金は、守谷さんが直接に叔母に送金したのでしょうか？」

「はあ、それは直接にお送りしています。一度契約が出来ますと、ご本人同士で現金の授受はしていただくことになっていますから。こちらで間に入りますと、とかくトラブルが起りやすいですから。われわれとしては、その現金の授受を確認してから手数料を頂戴することになっています」

「八千万円というと、もちろん、現金ではなく、銀行の振込みだったんでしょうね？」

「守谷さんのほうには当座がないので、どこかの銀行に頼んで金を払い、小切手にして送ったと思います。つまり送金小切手ですね。そんなふうに聞いていますす」

「向うから振込んだのは、どこの銀行かお分りになりませんか？」

「さあ、そこまでは」

海野はまるい顔に曖昧な笑みを浮べた。

麻佐子は、紅茶の残りを口にした。今の海野の話で取引の経緯ははっきりとした。だが、もう一つ分らないことがある。海野は、叔母が自分のところに訪ねてきたのをなぜだかよく分らないと云っているが、麻佐子は、そこだけは海野が匿しているように思われた。常識からいって、やはり隆子が平塚くんだりの周旋屋まで頼みに行くことはなさそうに思われた。

もっとも、こういうことを東京の不動産屋に頼んではほかに洩れる懸念が叔母になかったとはいえないが、それにしても平塚とは唐突すぎるのである。

だが、海野にこれ以上尋ねても、それは云わないであろう。それでも麻佐子の期待以上に海野は話してくれたほうである。

しかし、麻佐子はどうしても訊かなければならないことがあった。それは、海野が今でも叔母と何かの取引をしているように考えられるからだ。彼は、今日も叔母に電話をかけてきているではないか。山林の一件以来、まだ、この男は似たような取引を隆子と継続しているのではなかろうか。

「海野さんは、今でも叔母をお得意さんとしてお仕事なさってますの？」

麻佐子はできるだけ明るい微笑で訊いた。

「いいえ、そうじゃありません」

これは海野がすぐ否定した。

「あれ以来、ずっとご無沙汰しています」

「でも、今日、電話をおかけになったのは？」

「いや、われわれの商売は品物を売るのと違って、始終、お客さまが替っているわけです。前の人が頼んでくれたからといって、すぐにつづけていい話を持ってきて下さるわけではありません。ですから、いい物件が出ると、心当りの方を探すことになります。そうなれば、やっぱり前にお取引を願ったお客さんの名を思い出して、とんでもないときにお電話することがありますよ。芦名の奥さまにお電話したのも、実はそれなんです」

聞いてみると当り前のことで、疑問はなさそうだった。

「海野さんは、いま、どちらにいらっしゃいますの？」

「わたしの名刺を差上げておきましょう」

海野は上衣のポケットから名刺を抜いて出した。肩書は「自動車部品販売　海野商会」となって、事務所は「港区高輪《たかなわ》」となっていた。

「あら、いま、こういうお仕事なんですか？」

さっきの話とは違っていた。今の今まで彼はやはり不動産屋みたいな口ぶりだった。

「いや、実は部品の販売といっても始めたばかりで、まだ小さいんです。それで、不動産屋のほうもまだつづけてましてね。お恥ずかしい話ですが、二足の草鞋ですよ。ですから、不動産屋の名刺ももう一枚あるわけです」

その説明で分った。

「そうですか。でも、自動車関係だと、ずいぶんおよろしいんじゃないですか？」

「いいのはメーカーばかりでしてね。部品屋《パーツ》はそれほどでもありません。それに、ぼくの場合は馴れない商売に手を出しているせいか、コツが分らなくて商売のうま味がないんです」

――聞くだけのことは終ったようである。

「どうも、長いことお待たせしたうえ、いろいろお尋ねして申しわけございませんでした」

麻佐子は丁寧に詫びた。

「いや、かまいませんよ。どうせ、わたしは今ひまで、外交半分にぶらぶらしていますからね。……ところで、お嬢さんは、どうしてそんなことをお調べになるんですか？」

調べる、という言葉が麻佐子にひっかかった。実際、彼女の行動は調べていると云われても仕方がないのだ。だが、海野がそれを云うのはおかしい。おそらく彼は、隆子との山林の仲介が秘密だったので、麻佐子のこの質問が、調べているような感じになったのではあるまいか。

「別に調べているわけではありません。この前ちょっと九州に行って腑に落ちなかったことがありましたから。でも、あなたのお話でよく分りました。そして、海野さんも叔母とせっかくそういうお約束をなすったんですから、わたくしがこんなことを海野さんに訊いたことなどは叔母には黙っておいていただきたいんです。わたくしもこの場限りにしますわ」

「分りました。……で、奥さまは今お留守なんですか？」

「はい、京都です」

と、麻佐子は言下に答えた。

麻佐子は海野と別れて、銀座の店に電話をして杉村を呼び出した。杉村の返事は、まだ隆子が帰ってないというのだった。

「連絡もないので弱っています」

杉村の声は心配そうだった。

麻佐子は、よほど叔父の信雄に電話をしようかと思った。だが、それをお手伝いさんに訊くだけでは物足らないし、信雄の様子も気がかりだった。妻が予定より一日遅れて帰ってこないのを信雄はどう考えているだろうか。

ここしばらく信雄と隆子の間にあるいやな空気を感じて足が遠のいていたが、今日はしばらくぶりに行ってみようと思った。急に行かなくなるのも不自然である。

信雄は学校に出て留守かもしれないと思ったが、玄関に出たお手伝いさんはちゃんと家に居るといった。

「叔母さまは？」

これは普通の訊き方だった。

「はい、ご旅行中でございます。京都のほうだと伺っておりますけれど」

「そう」

主婦が居ないせいか、家の中が何となく一本抜けたような感じだった。信雄の書斎は、二階の南向十畳となっている。

入ってゆくと、信雄は机に向かって本を読んでいた。

「今日は」

笑うと、

「やあ、しばらくだな、このところ顔を見せなかったが、どうしていた？」

振り向いた信雄はいつもと違わない顔色で、落ちついたものだった。胸を騒がしている麻佐子のほうが、叔父の表情にたしなめられたと思った。

「ご無沙汰して済みません。叔母さまはご旅行ですって？」

何気ないふうに訊いたが、この叔父に演技をしているかと思うと苦しかった。

「ああ、京都らしいな」

と、麻佐子を見て、

「そうそう、麻佐子を一緒に伴れて行くようなことを前に云っていたが、麻佐子は行かなかったんだな」

叔母は京都行のことを叔父に話している。それだけでも麻佐子は少し安心した。

「母に止められましたの。そんなにふらふらと遊んでばかりいてはいけないって」

「その通りだな。麻佐子も花嫁修業ばかりしないで、少しは働いたほうがいい」

「よその会社やお店で働くのは母が賛成しませんの。といって、自分で出来るお仕事はないし、ほんとうは働きたいんですけれど、母があんなふうで困りますわ」

「ぼくがもう少し金になる仕事をしていれば、麻佐子を秘書に雇ってもいいんだけどな。なにしろ、本代でも給料分で足りないくらいだから」

麻佐子は、隆子がいつ戻ってくるのかとは心が咎めて訊けなかった。当然、隆子は信雄にも昨日中には帰ると云っているはずである。それに、京都行のことを隆子は信雄にどう説明したのだろうか。

——叔母さま、京都に何でいらしたの、と訊けば済むことなのだが、これも何だか探りを入れるようで気がひけた。こんなふうに考えると、隆子に関する話題が一切口から出ないのである。自分からそれを避けているのが寂しかった。

お手伝いさんが果物を持ってきた。

それを機会に麻佐子は叔父が読みかけている厚い本をのぞいた。植物のさし絵がついている。

「これ、何ですの？」

「ああ、こういうものだ」

と、叔父は表紙をみせた。『樹木渡来考』とあって、かなり古い本だった。

「変った本をご覧になるのね」

そこまで云って麻佐子は、この叔父と一緒に五年前に行ってみた東北の紅花を思い出した。

そのことを云うと、

「そうなんだ。あれから、少し紅花のことを知りたいと思って読んだのが始まりでね。樹や花のことがだんだんに面白くなった。これだって歴史に関係がないとはいえないからね」

「紅花のことも、それについてるんですか？」

「何でもついている。紅花も中国から渡来したものだというのだ。紅は〝くれない〟というからね。〝くれ〟は呉の国の呉さ」

「あ、なるほど」

「面白いよ。中国の土壌と日本の土壌は違うので、向うから移植したものは変質するんだそうだね。そういうやつには、種子から芽が出ないで、挿し木のやつが多い。無花果《いちじく》だって、木犀《もくせい》だって、みんなそうだ。それに、球根から出るやつも、全部ではないが、ほとんどが外国から渡来したやつらしいな……」

信雄は、妻のことなど念頭にないように、明るく麻佐子にしゃべった。

11

麻佐子は、一時間ぐらい叔父のところにいて家に戻った。

叔父の信雄は相変らずのんきでいる。悠々と植物の話などした。読書についても気まぐれで、今までついぞそんな本を読んだことがないのに、紅花のことから興味を持ったらしい。そういう気持になれるのは信雄に何の屈托もないからだと思う。彼には妻が旅行の予定を一日ぐらい遅らせようが関心にないのだ。それをはたでやきもきするのは妙なことである。麻佐子は、近ごろ自分がどうかしていると思った。なぜ、こんなに叔父と叔母の間によけいなカングリをしなければならないのか。隆子が京都から帰りが遅れたとしても、それはそれなりに用事があることで、必要以上に考えることはない。

支配人の杉村は仕事の上から隆子の帰りを待受けているのだから、それはそれなりに心配する理由を持っている。だが、麻佐子がやっていることはよけいなお節介だった。彼女は信雄の動じない様子を見て、かえって気持が正常に戻った。

その日の夕方六時ごろ、麻佐子は思いがけなく隆子自身の声を電話で聞いた。

「麻佐子さん、心配かけたわね。いま帰ったわ」

いきなりその声を聞いたものだから、麻佐子は、どきりとなった。別にショックを受けるはずはないのだが、これまでのことから、ああ、そうですかと、平気で聞いていられない。

「お帰んなさい……」

すぐにはあとの言葉が出ないくらいだった。

「京都に行ったんだけど、用事が長びいて今日になったの。連絡しなかったのがいけなかったわ」

「いま、どちらから？」

「お店からよ」

「じゃ、まだ、お家にはお帰りになってないのね？」

「そう。真直ぐに銀座に寄ったものだから、早速、杉村さんにつかまって、うち合わせだとか何だとか、ひどい目に遭ってるの」

隆子の声は元気だった。麻佐子が秘かに考えていたような翳りは感じられない。

「お帰りになる早々から大へんね」

ファッションショーという隆子の店にとってはかなり大きな事業が迫っている。それなのにどういう用事で一日遅れたのか、これは訊きたいところだが、電話では云えなかった。いや、電話でなく、じかに会っても直接なかたちでは質問できない。

「今日、お家のほうに遊びに行って叔父さまにお目にかかったばかりです」

「そう。叔父さま、どうしていた？」

「何んだか知らないけれど、植物の本など読んでいらしたわ」

麻佐子は、暗に叔父は平然としていると叔母に告げたかった。

「気の多い人ですからね、何を読みはじめるか分らないわ。……じゃ、そのうちまた遊びにいらしてね。どうもありがとう」

それで電話は切れた。

電話で麻佐子は思い出したのだが、周旋屋の海野は、いま帰った隆子にまた連絡を取るだろうか。今日午前中に会った彼の話では別段急ぐ用事でもないようだったが、ああいう人は商売熱心だから、今日中にも隆子に電話するかもしれない。麻佐子はまた少し心配になってきた。

それが、どうも普通の取引や商談とは少し違うような気がしてきたからだ。といって、そう決める根拠は何もない。いや、かえって海野の話だと、丁度物件が出たので、それを隆子に勧めたいという極めてありふれた話だった。だから、心配することはないわけだが、九州の山林の売買の仲介をした男だから、なんとなく彼を警戒したくなる。

麻佐子は、その晩睡ったが、とりとめのない夢に熟睡ができなかった。

——翌る朝は七月らしい暑そうな天気だった。寝が足りなくて頭が重い。台所を手伝って、手があいてから朝刊を開いた。

別段大きな事件はなかった。大きな見出しには暗い記事がなかった。ざっと眼を通してみたが、一段のコミ記事に「社長さん死ぬ　タクシーに跳ねられて」という小さな見出しが眼に止まった。これも近ごろでは珍しいことではない。だが、麻佐子が何気なくその記事の三行目ばかりに眼を移したとき、あっと声があがった。

「七月二十日午後十時ごろ、杉並区××町×丁目付近を通行中の港区高輪自動車部品販売業海野商会社長海野正雄さん（五一）は、北星交通株式会社所属のタクシーに跳ねられ、直ちに荻窪病院に収容されたが、出血多量のため死亡した。所轄署では運転手羽村芳夫（二四）から事情聴取中……」

麻佐子は一瞬ぼんやりした。

彼女が声をあげたので、横にいた母が、

「何かあったの？」

と訊いた。

「ちょっと知ってる人が自動車事故で亡くなっているの。昨日会ったばかりの人だわ」

母も仕事の手を休めて新聞をのぞいた。

「どれなの？」

そして読み終ってから、

「あんた、この方を知ってたの？」

と訊いた。

「ええ、ちょっと」

隆子の用事でその人に会ったとは母に云えなかった。

麻佐子は、この新聞記事を隆子が読んだだろうかと思った。

だが、わざわざ報らせることもなさそうである。隆子にとっては、ただ、曽《かつ》て仲介を頼んだという不動産業者にすぎない。

また、麻佐子がこの出来事を隆子に云えば、当然、彼女がしてきた行為が隆子に分ってしまう。どうして麻佐子が海野を知っているのかと訊かれたら、一言もないのだ。

しかし、麻佐子が、せっかく湘南のほうまで出かけて調べた相手であり、昨日の朝は新宿まで出かけて話をした当人である。気の毒だと思う前に、この事故が気味悪かった。隆子には直接関係がないにしても、少しでも縁のある人物が不慮の死を遂げたことは、隆子の周辺にまで暗い翳を感じた。

記事には詳しいことは書いてない。高輪にいる海野がどうして杉並あたりを夜の十時ごろに歩いていたか、また、そのときは単独だったのか、轢かれたときの状態はどうだったのか、一切分らない。新聞はありふれた自動車事故として扱っているにすぎないのだ。

麻佐子は、実は、この海野正雄という人からもっと話を聞きたかった。というのは、まだ、あの取引について彼が何かを匿しているような気がしていたからだ。喫茶店で話をしているときも、そんな気がしてならなかった。

しかし、あの場合は初対面でもあるし、ことが隆子に関連していたので、遠慮して露骨には訊けなかった。そのうち海野にまた会って、真相を知りたいと思っていた矢先なのである。

　そのあとで、叔父の家に行って信雄の態度を見て、そんなことに気負っている自分が少々神経過敏だと気づいたわけだが、いま、この新聞記事を見て、また気持が前に逆戻りした。

（海野という人は、なぜ、夜の十時ごろこんな場所を歩いていたのか）

　それは商売をしている人だから、いろいろな場所に出入りするに違いない。自動車部品だけでなく、土地の周旋も相変らずつづけていると云っていた。こういう周旋業は、相手によっては時間にかまっていられないし、かえって夜訪問したほうが便利なときもある。

　そう考えてみたのだが、麻佐子はどうも気持が落ちつかなかった。

　死んだ海野の家を訪ねて霊前に線香を上げようと思ったのは、なにもそこで様子を探ろうという気持からではなく、いささかの縁だが、本人の冥福を祈りたいと思ったのである。この理由を麻佐子は自分の気持に訊いてみた。しかし別な理由が強いことがわかった。

　麻佐子は、友だちの家に行くと云って家を出た。喪服で行けないのは残念だが、途中で喪章でも買ってつけるつもりだった。まさか自動車事故で死亡した人のところにお悔みに行くとは言えない。

品川駅で降りて、付近の店で喪章を買い、胸につけた。太陽が照りつけていた。

麻佐子は、新聞に出ていた番地を捜して行った。それは電車通りからちょっと入ったところで、思ったより大きな店だった。ブロックの二階建で、屋根いっぱいに幅広い看板が出ている。

ウインドーらしいものはシャッターで塞がれ、入口だけが開いていた。横には「喪中」と黒枠の貼紙がしてある。

入口には店の者らしいのが二、三人、うろうろしていた。

その場にきて麻佐子は足が進まなかった。その家の前を通りすぎて引返した。それほど弔問客の姿は見えなかった。店の表が閉まっていて、中の様子は分らない。近所の人が三、四人、遠くのほうから眺めていた。

この事務所に海野正雄が家族と一緒に住んでいたかどうかもはっきりしなかった。時刻が早いので、出直すことにした。麻佐子は立っている近所の人に訊いた。

「お葬式はいつなんでしょうか？」

「なんでも、今夜がお通夜で、明日の午後三時から告別式があるということです」

子供を抱いた中年の婦人が教えてくれた。

駅のほうに戻りかけたとき、向うから花輪を積んだ小型トラックが走ってきた。見事な花輪で、ずいぶん大きい。麻佐子は、そのトラックが停り、一対の花輪が降ろされたとき、その一つに「北星交通株式会社」という札と、もう一つに「北星交通株式会社」と小さく書かれた横に「社長　横山道太」の文字があるのを見た。

海野を轢いたタクシー会社だと、すぐに思い当った。今朝の新聞に、この同じ名前が出ていた。

弔意は重大な事故を起したタクシー会社として当然の行為だ。ただし、あとの弔慰金だとか賠償とかいうことは別問題に違いない。近ごろはタクシー会社も示談係というのがあって、その辺をうまく収めるようにしているとか聞いている。もっとも、そのために、ときどきトラブルが起り、週刊誌などを賑わせることもある。

麻佐子は、品川駅から銀座方面へ戻った。

銀座の店に行くと、隆子は来ていた。

「あら、麻佐子ちゃん」

隆子は杉村と打ち合わせをしていた顔を振り向けた。

「ご免なさいね。心配かけちゃったわ」

隆子の眼に何の心配もなげな明るさがあったので、麻佐子は安心した。

「いいえ。……京都はどちらへ行ってらしたの？」

「服飾の関係で日本の古い色に詳しい人がいらしたので、お話を伺いに行ったわ。これからの洋装にも、日本特有の色彩を作ってもいいと思うの。そしたら今の服飾も幅が広がって、新鮮になると思うわ」

「そうね。そりゃ、いいことをなさったわ」

麻佐子は云った。そういう用件だったら、ますます、叔母のことで思いすごしをしていたのが分る。

「そのご勉強で一日滞在をお延ばしになったのね？」

「そう。その方、古代裂《ぎれ》から江戸時代の布までちゃんと整理して持ってらっしゃるの。それを拝見するだけでも、とても一日ぐらいでは足りなかったわ」

その説明にもかかわらず隆子の声の調子は弱く、表情もどことなく晴れてなかった。

「あなた、これからどこに行くの？」

隆子は話題を変えたように訊く。

いま、海野正雄のお悔みに行きかけて途中で戻ったと云ったら、隆子はどんなにおどろくだろうかと麻佐子は思ったが、これは口に出せないことだった。隆子が今朝の新聞に出た海野の死を読んでいるかどうか分らなかった。

「これから家へ戻るよりほか仕方がないわ。暑いし、外もあんまりうろつきたくありません」

「海か山かに出かけないの？」

隆子はきいた。

「新聞にはどこも人出で一ぱいだと出ているでしょ。あれを見ただけでもおっくうになるわ」

麻佐子は「新聞」というのを利かせたつもりだが、隆子の表情には反応がなかった。

「そうね。……ねえ、よかったら、これから下沢江里子さんのところに行くんだけれど、途中まで送ってあげてもいいわ」

麻佐子がそうすると云うと、隆子は、

「杉村さん、車、来てるかしら？」

杉村が、はあ、見てきます、と階下に降りたが、すぐに上がってきた。

「五分ぐらい前に来て、いまぐるぐる回っているそうです」

この辺に駐車する場所がないので、ハイヤーは客が出るまで近くを走っていなければならない。

「それじゃ、出ましょう」

隆子が先に立った。麻佐子は、その間を偸《ぬす》んで杉村と小さく話を交した。

「叔母さまが帰られてよかったわね」

「いや、どうも。麻佐子さんにもよけいな心配をかけましたね」

「わたくしなんかどうでもいいわ。杉村さんはお仕事の面で大へんだから……」

そう云ってから、

「杉村さん、いつか、ちょっとお話したいことがあるんですけれど」

と、これは気軽な声だった。

「ええ、ようござんす。ここの勤務が終れば、いつでも時間はあいてますよ」

麻佐子はすぐというのではないが、少し杉村からも隆子の様子を訊いてみようと思っている。

店の表に出ると、まわってきた車が停っていた。隆子から先に乗りこんで、麻佐子が横に坐ると、笑いながら隆子が訊いた。

「杉村さんと何を話していたの？」

「ううん、ちょっと……」

麻佐子も笑って、

「杉村さん、ほんとにお店のため一生懸命ね。叔母さまの帰りが一日遅れたといって、ずいぶんはらはらしていたわ」

「ほんとに悪かったわ」

隆子は詫びたが、そのあと京都の話はしないで、黙っていた。

麻佐子は、みんなが心配していたのに、隆子が進んで説明してくれないのは物足りなかった。そういえば、隆子の横顔は少し痩せていた。

「叔母さま、疲れてらっしゃるようね」

「そうかしら?」

隆子は頰を指で押えた。

「あんまりお忙しいからよ。少し休養なさったら?」

「そうね、今度のショーでも済んだら、そうしたいわ」

「それこそ仕事も何も考えないで、軽井沢かどっかにいらしたらいいわ」

車は混雑の通りをなかなか抜けきれない。運悪く交差点にくるたびに赤信号にひっかかっている。

麻佐子は、ふと運転手の頭上に眼を投げた。そこに名札がかかっている。おやと思ったのは、それに「北星交通株式会社」と社名があったからだ。

この名前は、さっき、黒いリボンの花輪の下についていた名札で読んだばかりである。海野を轢いた、あのタクシー会社と同じではないか。

すると、北星交通というのはタクシー部のほかにハイヤー部もあるらしい。それが偶然にもこの車だった。

麻佐子は何か云いたかったが、すぐには声が出なかった。この暗合は、衝撃だった。

12

車中で、麻佐子はふいと思いついたように隆子に云った。

「叔母さま、この車を下沢江里子さんの家へ向わせてらっしゃるの？」

「ええ、そのつもりだけれど」

隆子は、どうしてという眼をむけた。

「わたくし、急に用事を思い出したんです。もし、よろしかったら、経堂《きようどう》のお友だちのところまで使わせていただいていいかしら？」

下沢江里子の家は世田谷の若林町だった。若林町から経堂までは車で十五分とかからない。丁度、道順でもある。

「いいわ。じゃ、あなたが先方に着いたら、すぐ車を下沢さんの家に返してちょうだい」

「はい、そうします。どうもありがとう」

その若林町に着くまで、麻佐子は隆子と取止めのない話をした。叔母は相槌を打ってくれたが、何かほかのことを考えているように、気のりがしていないようだった。

江里子の家は、広い通りを横丁に少し入ったところだった。

「ここでいいわ」

隆子は道の角で運転手に声をかけた。

「この中に入ると、車を回すのがなかなか面倒だから」

「悪いわ」

「いいのよ。歩いたってすぐだから」

「すみません」

隆子は車から降りた。

「いってらっしゃい」

隆子のためにドアをあけていた四十年配の運転手は帽子をかむって運転席に戻った。

車は動き出した。

麻佐子は早速話しかけた。

「運転手さん、お宅は北星交通というのね？」

「はい、左様でございます」

ハイヤーだけに運転手の言葉づかいは丁寧だった。

「じゃ、あなたの会社ではタクシーもやってらっしゃるんじゃない？」

「はい、やっております」

ハンドルを動かしながら背中からの答えである。麻佐子の側からみて、バックミラーに運転手の眼だけが動いていた。運転手のほうでは、その鏡に映った麻佐子に受け答えしている。

「街を走っているタクシーの防犯灯に北星交通という文字をときどき見かけるから、そう訊いてみたのよ」

「そうですか。そんなに走っていますかねえ」

「タクシーはどのくらい台数があるの？」

「そうですね、営業所は二つほどありますが、タクシーだけの総数でせいぜい七十台ぐらいでしょうか。まだ小さいですよ」

「それで、ちゃんとハイヤーもあるのね」

「ハイヤーのほうは十五台ぐらいしかありません」

「十五台？　へえ、それで、叔母……ほら、いま降りた芦名の店でよく間に合うのね？」

「はい、ハイヤーの営業所がお茶の水にありますから、お呼びいただければすぐですよ」

「いつから、あの店におたくのハイヤーが入ってるの？」

「そうでございますな、三ヵ月ぐらい前からでしょうか」

「三ヵ月前？　へえ、あそこにはほかのハイヤーが入っていたけど、それだけでは間に合わなくなったのかしら？」

「さあ、どうでしょうか。でも、よくご注文をいただいておりますよ」

隆子の店には以前から朝日交通というハイヤー会社が入っていた。どうして北星交通というのが割込んだのだろうか。隆子の性格として、一軒と決めたら、やたらに変える人ではなさそうだった。やはりこれは朝日交通のほうで車が足りなくなった結果としか思えなかった。

麻佐子は、しばらく窓に流れてくる街の風景を見ていた。

「ねえ、運転手さん」

また、何気なく訊いた。

「最近、あなたのほうのタクシーが人を轢いたことはありません？」

「はあ、どうも」

と、運転手は前を向いたまま首を縮めた。

「お嬢さん、新聞か何かでご覧になったのですか」

「そう、新聞にたしかあなたのほうの会社の名前が出てたと思ったわ」

「どうもいけませんな、……左様でございます、昨夜でしたか、タクシーの若い運転手が人身事故を起しましてね、気の毒なことをしました。いいえ、轢かれた相手の方にでございますよ。……なにしろ、近ごろのタクシーの若い者は注意が足りませんね」

「その運転手の人、あなたの会社に前からいる人ですか？」

「いいえ、雇い入れたのが一週間前だというんです。近ごろは運転手が足りませんでね。どこも人手が欲しいものですから、そこをつけこんで、収入の率のいいタクシー会社を狙って渡り歩く者が出て参りました」

「その運転手さんもそうなの？」

「らしいですね。……車の運転だけは気をつけないと、むろん、轢かれた相手の方に気の毒だし、会社も迷惑しますからね」

「会社としても相当な弔慰金を払うんでしょ？」

「ええ、それはできるだけ出さないといけないでしょうね」

「あなたのほうは、タクシー会社としては中程度ですか？」

七十台ぐらいと聞いたので、麻佐子はそうたずねた。

「そうですね、中クラスの下あたりでしょう。しかし……あ、お嬢さん、経堂はどの辺に着けますか」

麻佐子の眼の前に経堂の踏切が見えてきた。

麻佐子は、踏切を越して商店街を抜けいい加減な通りで一たん降りた。横丁を歩いてひと回りし、待っている車のところに戻った。身体を寝せていた運転手があわてて起きた。

「大そうお早いですね」

「そうなの。訪ねたら留守でした」

「それはお気の毒でしたね」

「ほんとにあいにくだわ。……運転手さん、さっきのところに戻っていただきますけれど、今度は少しゆっくり行ってちょうだいな」

「はいはい、そうします」

踏切が閉まっていて、上下の電車が通過する間、車はしばらく停った。

「ねえ、運転手さん、さっきのお話のつづきだけれど。……中ぐらいのタクシー会社だと、社長さんも経営がなかなかたいへんでしょ？」

「まあ、楽ではないでしょうな」

運転手は煙草を取出して煙を流した。話好きの人のようだった。

「なにしろ四年前に出来たばかりの会社ですからね」

「たった四年前に？」

「そうなんです。けどなんですよ、うちの社長は積極的ですな。近ごろ、大資本のタクシー会社がどんどん中小企業の同業を買収してるでしょう。たとえば、N交通だとか、K自動車といったところが中小の同業を吸収して大きくなっているんです。

ですが、うちのおやじはそれを断っているだけでなく、そのうちタクシーもふやし、ハイヤー部も大きくする、将来は観光バスの認可も取ると、張切っていますよ」

「そう、偉いわね」

麻佐子はトラックから降ろされた花輪に下っていた「北星交通株式会社社長　横山道太」の名札を思い出した。

「社長さんは横山さんとおっしゃるんでしょ？」

「あ、よくご存じで」

運転手が云ったとき開閉機が上がったので、彼は前の車につづいてアクセルを踏んだ。

また若林町の広い道に出た。車がかなり混んでいるので、運転手は片側に寄ってスピードを落した。ゆっくり行ってくれという麻佐子の注文を聞いてくれたのである。

「うちの社長の名前をどうしてお嬢さんご存じですか？」

「新聞にそう出てたから」

麻佐子は嘘を云った。

「え、社長の名前まで出てたんですか？　そりゃ知りませんでしたな。わたしが見たのは、ただ運転手の名前だけでしたがね。いや、そういうことがあるから大きな事故は困りますね。会社や社長の評判を落しますからな」

街路の並木がゆっくりと流れる。

麻佐子は、話のつぎ穂を失ったので、思いついたままを訊いた。

「運転手さんは東京の方ですか？」

「いいえ、わたしは新潟県の新発田《しばた》近くでございますよ」

「そう。じゃ、社長さんも新潟県のほうですか？」

「いや、社長は違います。たしか栃木県だったと思いますがね。どうしてお訊きになるんですか？」

「ううん、別に意味はないわ。ただ、わたしの知ってるハイヤー会社では社長が岡山県だから、運転手さんも全部岡山県出身というのがあるわ。だから、あなたが新潟県なら社長さんもそうかと思ったの」

「うちには栃木県の者は一人もいませんね。どういうわけか集らなかったようです」

車をどんなに遅く走らせても、話していると瞬く間に下沢江里子の家へきた。

車の停る音を聞いて、小さいながら瀟洒《しょうしゃ》な家の中から江里子が玄関の前に出てきた。

「麻佐子ちゃん」

江里子はいつものあどけないような調子で、

「寄ってゆかない？」

と誘った。

「また、この次にします」

「そう……だって、あなた、ずいぶん早く戻ってきたのね。先方がお留守でしたの？」

「そうなんです」

「じゃ、上がって遊んで行ったらいいじゃないの」

麻佐子は、隆子と江里子の話を邪魔したくなかった。それで、この次にお寄りします、と云ってお辞儀をした。

「そう。それは残念ね」

このとき、隆子もうしろから顔をのぞかせた。

「お訪ねした先がお留守だったたって？」

隆子は訊いた。

「ええ」

「じゃ、ついでに、この車、渋谷駅まで乗ってらっしゃいな。まだ、わたしたちの話、長くなりそうだから」

「でも、悪いわ」

「ううん、ちっとも。平気よ、どうせ待ってもらうんだから」

「じゃ、そうします」

渋谷まで行ってもらえば助かる。

麻佐子が車に乗ると、二人はまた家の中に入った。隆子は江里子とは話が合うようである。これは麻佐子に少し奇妙だった。隆子の気性では、江里子の性格とは合わない気がするのだが、分らないものである。いま売出しにかかっている女優の下沢江里子の生活力は強い。が、彼女にはそれほど教養があるとは思えなかった。その趣味も最近向上を目指しているようだがそれも何か精いっぱいの感じで、ときどきチグハグなものを感じることがあった。

車は三軒茶屋《さんげんぢゃや》から大橋の坂をのぼる。

「お嬢さん」

今度は運転手のほうから話しかけてきた。

「さっきの方は、どういうご職業の人ですか？」

「あの人、女優さんよ」

「やっぱりね……」

「分るでしょ、きれいだから」

「きれいには違いありませんね。ですが、わたしのような者にはよく分りませんが、なんだかこう、ぱっと赤い色が燃え上がっているような感じで、ちょっと馴染めませんね」

「そうかしら？」

「そりゃそうです。われわれは旧いと云われるか分りませんが、やっぱり、さっきあそこにお送りした奥さまのほうが、よっぽどおきれいにみえます」

隆子のほうがきれいなことは麻佐子も絶対だから、運転手の素朴な賞め方に微笑した。

「しかし、お嬢さんは奥さまの姪御さんだけに、お顔立ちはそっくりですな」

「わたしなんか駄目よ。叔母にはとても及びもつきませんわ」

「いいえ、わたくしは、芦名の奥さまがお若いころは、きっとお嬢さまのようなお顔立ちだったと思います」

麻佐子は、よく人にそう云われるので馴れていた。だが、それは輪郭だけが多少似ていることで、隆子には及びもつかないと自分では分っていた。

「そういえば、さっきのお方ですが」

と、運転手は下沢江里子のことを云った。

「……どこかでお遇いしたような気がしますがね」

「そりゃ映画の女優さんですもの。近ごろはときどきテレビにも出ていらっしゃるから、それでご存じかも分りませんわ」

「そうですかね？」

と、運転手は小首をかしげていた。

「いや、テレビや映画ではなく、どこかでじっさいにお見かけしたと思いますがね。違いましたかな？」

ひとりで記憶を呼び戻そうとしていた。

大橋の坂をのぼりきると、道玄坂《どうげんざか》の上に出た。幹線の交差点だけに信号が長かった。

麻佐子も、運転手も所在なさそうに前を走ってゆく車を見ていた。途端に運転手が、

「おっ」

と声を出したので、眼を向けると、青色の車の窓に、眼鏡をかけ、口髭を生やした脂ぎった中年男の横顔が映った。それも瞬く間に視界から去る。

「お嬢さん」

運転手が頓狂な声で振り向いた。

「いま行ったあの車に乗っていた人ですよ。あれがうちの社長なんです」

「えっ、じゃ、あの口髭の生えた方?」

「そうそう……よくお目につきましたな。あの人ですよ。……いや、噂をすれば影ということがありますが、さっきお嬢さんと社長の話をしたあと、こんなところでおやじさんを見かけるとは思いませんでしたね。めったにこんなことはありませんよ」

あれが北星交通の社長だとすると、この道は五反田《ごたんだ》を通って品川に行くから、自分の社のタクシーが轢いた海野正雄の遺族宅に弔問に行くところかもしれない。

「なかなか堂々とした恰幅じゃないの」

麻佐子は瞬間の印象を伝えた。

「そうなんです。近ごろ大ぶん肥えてきましてね、貫禄がでてきたようです」

話はそれきりになった。青になって通りすぎたが、道玄坂を下りる途中で、運転手の口から、

「あ、思い出しました」

という声が洩れた。

「何のこと？」

てっきり下沢江里子のことだと思って訊くと、

「いや……何でもないです」

運転手は口を濁した。

麻佐子は、渋谷駅までその車で来て、地下鉄で銀座に戻った。丁度六時ごろになっている。隆子の店に行くのも気がひけたので、電話で支配人の杉村を呼び出した。

「杉村さん、まだ、お店を出られないの？」

「今日は駄目ですよ。なにしろ、例のショーのことで夜の九時ごろまで居残りになりそうです」

「たいへんね。でも、夕食の時間ぐらいはあるでしょ。わたし、実はすぐ近くに来てるのよ。ご一緒に食べません？」

「あなたにかかってはかなわないな」

杉村は承知した。なるべく静かなところがいいと思い、新聞社の六階にあるレストランで待ち合わせることにした。街の高いビルの屋根が水平に見える窓際で待っていると、杉村が入口から肩をゆすって歩いてきた。

「どうも」

と、杉村は、にこにこしてテーブルに着いた。

「今日お約束したのに、早速とは恐れ入りましたね」

麻佐子が隆子と一緒に店を出るとき、杉村と近いうち一緒に話したいと云ったのを彼はおぼえていたのだ。

「わたし、ぶらぶらしてるでしょ。だから、思い立ったら早くしたほうがいいの」

「このご馳走はワリカンですか？」

「ヘンなことを云うわね。わたしが持たせていただくわ」

「それはご馳走さま」

「ねえ、杉村さん。店ではどうして近ごろほかのハイヤーを頼んでいるの？」

13

杉村はスープをすすりながら、云った。

「さあ、それはよく知りませんな。多分、今まで入っていたハイヤーだけでは間に合わなくなったからじゃないですか」

「そう。でも、そんなにハイヤーを使っているんですか？」

「なにしろ、ここんとこ、大ぶん仕事が忙しくなりましたからね」

「お使いになるのは、叔母さまがおもなの？」

「自然と、そうなりますね」

「そんなに多いかしら？」

麻佐子も首をかしげた。

「なぜ、そんなことを訊くんです？」

「わたしが叔母さまと一緒に乗った車が北星交通というんですの。運転手に訊いてみたら、その会社はハイヤーが十五台しかないというのよ。そんな店となぜ契約なさったのか、少し妙だと思ったからだわ」

「そりゃ、まあ、そうですが、十五台しかないといっても、結局はこちらで間に合えばいいんですからね」

杉村はスープの最後の一滴まで掬って、ナフキンで口の端を拭った。

「杉村さんも、そのハイヤーを使ったことがありますの？」

「ぼくなんかときたましかありませんよ。こんなに銀座が混んでいては、タクシーを拾ったほうが早いですからね」

杉村は、その北星交通のことをよく知らないらしかった。彼は次の料理がくるまで煙草をくわえていたが、ポケットを探ってマッチを擦った。

つづいて料理がきた。麻佐子が見るともなく、皿の横に置かれたそのマッチに眼を落すと、「湯河原《ゆがわら》　野田屋」という文字が映った。

(杉村はいつ湯河原に行ったのだろうか？)

麻佐子は何んとなくそう思ったが、別に気にかかるほどの疑問ではないから口には出さなかった。

「杉村さん、世の中って見えない奇妙な線が敷かれているみたいね」

「何のことですか？」

「ほら、この前叔母さまがまだ戻ってらっしゃらないとき、電話をかけてきた男の人があるでしょ」

「ああ、あなたが会いたいと云った人ですか」

「そうなの。その海野さんという人、交通事故で昨夜亡くなったのよ」

「へえ、そうですか」

杉村は別に関心も示さず、ヒレのステーキにナイフを入れている。

「ところが、その人を轢いた車が北星交通のタクシーだったの」

「なるほど、それで因縁を感じたんですね」

「あら、あなた、ちっともおどろかないのね。わたしにはちょっとしたショックだわ」

「そりゃ、他人の経験をまた聞きするのと、自分で直接経験したのとでは感銘度が違いますからね」

「その亡くなった人とはあの日ちょっと話を交しただけに、なんだか変な気持だわ」

「そんな人にどうして会ったんですか？」

これは隆子の秘密だから、杉村といえども話せなかった。

「ううん、ちょっとしたことで」

麻佐子は口を濁したが、杉村は依然として興味がないのか、それ以上訊いてこなかった。だが、麻佐子のほうは杉村に訊きたいことがあった。

「店の経営の話、こないだ、ちょっと伺ったけれど、どうなの、あんまり楽じゃないんですか？」

「そうですな、設備が拡張するにつれて資本《もとで》がいりますからね。この前お話したように、金繰りの面では楽とはいえませんね」

「でも、それは先で十分に回収できるんでしょ？」

「そうですな、そういう見通しがないと投資はできませんからね」

「でも、見通しと現実とが食い違うことだってあるでしょ？」

「なかなか追及が急ですね。何か、そんなことで気になるようなことでもあるんですか」

「ううん、そうじゃないけど」

支配人の杉村に、はっきりと不安の原因を告げられないのが麻佐子にもどかしかった。いわば、こちらは杉村を探って隆子にまつわる一抹の影を消したいのである。

「なんだか、叔母さまの様子がいつもと違って元気がないところがみえるの。だから、経営上の苦しみじゃないかと、つい、そんな気も回したくなるのよ」

「そうですな、たしかに経営というのはむずかしいですからね」

麻佐子は、叔母と仲のいい下沢江里子を思い出した。

「叔母さまは下沢さんとよく話してらっしゃるようだけど、あの人にそんな悩みもうち明けていらっしゃるのかしら？」

「さあ、そこまではどうですかね」

杉村は疑問のようだった。

「単にデザイナーとお客さまという関係が、よその人より親密だというだけじゃないですか」

「今も叔母さまは下沢さんとこにいらしてるでしょ。なんだか、わたしにも云えないことを下沢さんに相談してらっしゃるような気がするわ」

「それは思いすごしですよ。先生は、あれで内輪のことはめったに他人にはうち明けないんですからね。そりゃ誰だって気がくさくさすることがあったり、面白くなかったりするときがあります。下沢さんは、その先生のウサ晴らしの相手じゃないですか？」

「そうかしら？」

麻佐子は、しきりとフォークを動かしている杉村とは違い、あまり食欲がなかった。

麻佐子は、けっきょく海野正雄の家に通夜に行くのを中止した。やはり見ず知らずの者が顔を出すのは気がひける。それに、初めから何かを探るつもりでそんな席へ出るのは不純であった。同じ理屈で、明日の葬式に出る気も失った。

その夜は九時ごろからはじまるテレビを所在なく見ていた。勝手にチャンネルを回すと、突然、下沢江里子の顔が大写しに出たのでおどろいた。江里子は映画のほかにテレビにもよく出演している。

画面は、ネッカチーフをかぶった江里子が恋人らしい青年とモーターボートに乗っているところだった。大写しとロングとが交互に出るのだが、ボートが水面に白い飛沫をあげて走っている。向うに見える山の特徴で、そこが芦ノ湖《あしのこ》だとすぐに分った。江里子が笑い、恋人役の青年が空を向いて哄笑している。

場面が変ると、青年の運転する車が湖畔の道を走っている。カメラが、その車内の二人と、走る車の遠景とを交互にみせた。どのような筋だか分らないが、どうやら恋人同士が一日の休暇を箱根ですごしているという場面らしい。車は、木立の間に白いホテルの見えるドライヴウエイから一転して、急な坂道をのぼるシーンに移った。

うねうねとした道だ。家は一軒も見えない。どこだろうかと首をかしげていると、樹の間に猿が走っているところが映ったので、

（ああ、大観山の峠だわ）

と思った。麻佐子は、一度行ったことがあるので見当がついた。そのとき、運転手の説明では、夜、野猿が道路のまん中で遊んでいるということだったが、猿は彼女の前に現われなかった。野兎も出没するということだった。

また画面が変って、車を降りた二人が峠の頂上に立ち、手をつないで下のほうを眺めているシーン。カメラは彼らの眼になって、下にひろがっている山脈の連なりから遠くの海上に浮かんだ初島《はつしま》などをなめる。山裾の下に小さな屋根がかたまっていた。

（湯河原の町だわ）

麻佐子は、この峠を降りきったところが奥湯河原で、川沿いの道を走ると温泉町となり、駅に出たことを思い出した。

いや、思い出したのはそれだけではない。今日の夕方、杉村とレストランで話していたときに、ふと彼が置いたマッチのラベルが湯河原の旅館のものだったことだ。

あれには「野田屋」という店の名前が入っていたが、杉村はいつ湯河原に行ったのだろうかと、ぼんやり考えたものだった。

江里子もロケーションで箱根から湯河原のほうに抜けたらしい。杉村も湯河原に行っている。ここにも偶然の暗合があった。

下沢江里子のこのロケーションはいつ行われたのだろうか。そして、杉村はいつ湯河原の温泉旅館に泊ったのだろうか。

麻佐子は気になってきた。別に江里子と杉村の間とがどうというわけではないが、その間に叔母の隆子を置いてみると、平気でいられないものを感じた。

(こんなことが気になるのは、少しノイローゼかもしれない)

そう思ってはみたが、やはり忘れてしまうわけにはいかなかった。

杉村だってときには湯河原に行くこともあるだろう。東京から電車で往復四時間くらいの距離だから、別に怪しむには足りない。麻佐子がそんなことを考えているうちにテレビは終って、最後の字幕に「炎のごとく」という題名が出てコマーシャルになった。

麻佐子の「気がかりな意識」は、翌朝、あるテレビ局に勤めている小川という男に電話をかけさせた。小川は麻佐子と大学の同級生だが、卒業するとすぐにこの会社に入って制作助手のようなことをしていた。

電話では用件が云えないので、十二時に彼の勤めている会社で会う約束にした。

「珍らしい人が電話をかけてくれたと思ったが、まさか一日遊び相手になってくれというわけじゃないだろうね」

その小川は局の喫茶室で麻佐子と会った。

「今日は真面目なお願いで来たのよ」

彼女の同級生のボーイフレンドは四、五人いたが、しばらく会っていないその連中の噂がひと通り済むと、麻佐子は用件を切り出した。

「あなたの会社のことではないけれど、ほら、ＣＤＦで撮っている『炎のごとく』という番組ね」

「ああ、あれはアタったね。つまらんもんだが視聴率はいいようだな」

「それを昨夜偶然に見たんだけれど、わたしの知っている下沢江里子さんが箱根から湯河原に出るシーンだったわ」

「あんなものを見るのはよせよ」

「チャンネルをひねったら、偶然そこが出たので、江里子さんを知っているし、つい、終りまで見ちゃったの。だから、筋も何も分らないわ。そこで、お願いというのは、ちょっと秘密なんだけれど」

「………」

「江里子さんが、そのロケーションに行ったのは何月何日で、そして、ロケーションが終ってから東京に真直ぐ帰ったか、それとも、その夜はどこかに泊ったのか、それを調べてほしいの」

「これはおどろいた」

小川は大仰な顔つきをみせた。


麻佐子がその小川に電話をかけたのは、昨日頼んだことをそれまでに調べておくという約束だったからである。

「大体、分ったよ」

小川は電話で云った。

「じゃ、そちらに行って詳しく聞くわ」

麻佐子は大急ぎで小川の局の喫茶室に駆けつけた。昨日と同じ場所であったが、小川は、あと三十分するとスタジオでビデオ撮りがはじまるというので、そわそわしていた。

「あの映画は七月十九日に撮られたそうだ。なにしろ、よその局だから、あまり詳しくは訊けないが、その点は確かだそうだ」

「十九日？」

七月十九日といえば叔母の隆子がまだ京都から帰っていない日である。正確に云うと、その日は帰京する予定だったのが、一日延びている。

一方、江里子のほうは、叔母が京都に行く前日も隆子の店にきている。それは麻佐子も居合わせたからよく知っている。したがって、「炎のごとく」というドラマは、そのあとで江里子が箱根ロケに行ったのであろう。

「十九日にロケして撮ったものが、もう二十一日にはテレビになってるのね。おそろしく早いじゃないの」

「あれは連続ドラマだが、女優さんの都合に合わせると、そういう場合も起るんだな。うちの局だってよくあるよ。なにしろ、女優はかけもちが多いから、こちらの思う通りのスケジュールには合わない。多分、あのロケもぎりぎりのところで撮られたんだろうな」

「江里子さんはロケが終って、その日に東京に帰ったのかしら？」

麻佐子は、その点も調べてもらうように小川に云ってある。

「いや、その晩は帰らなかったそうだよ」

「そう。じゃ、箱根にでも泊ったのかしら？」

「箱根ではない。湯河原だということだ」

「湯河原……じゃ、スタッフの人と一緒だったわけね？」

「さあ、その点はどうかな」

小川は顔にうす笑いを浮かべた。

「女優さんの世界は、ぼくらの常識では判断できないことがあるからな」

小川は、若い麻佐子にはっきりと云えないような遠回しの表現をとった。麻佐子もそれは分る。だが、今度の場合は不快なことでも曖昧には聞き逃がされなかった。

「それ、どういうこと？」

「どうしてそんなことを君が訊くのかぼくにはよく分らんな。これまでの君は、そんな話にはあんまり興味がなかったじゃないか」

「必要があるからよ」

「そうか。なんだか知らないが、ちょっと妙だな」

「妙でも何でもいいわ。その晩湯河原に下沢さんが泊った事情は、あなたももっと詳しく聞いてるんでしょ？」

「まあ、聞かないでもないが……」

「何でも云ってちょうだい。ちっともおどろかないから」

「そうか。……下沢江里子さんは、あの晩、ほかのスタッフが帰ったあと、自分の都合で泊ったというんだがね。これについてはいろいろ想像してる者がある。まあ、その辺は察してもらいたいな」

映画やテレビ女優にスキャンダルのようなものがまつわるのは通例といっていい。小川の云い方には、その晩の江里子にもその種の噂があったと匂わせている。

「あなたは、それ以上に具体的なことは聞かなかったの？」

「おどろいたな。君が急にそんなことを根掘り葉掘り訊こうとは思わなかったよ。それとも、下沢江里子に関する限り、特に何か関心があるのかね？」

「個人的には別に関係はないけれど、ただ、ちょっと必要があって七月十九日の晩の彼女の行動が知りたいの」

「端的に云うとだな」

小川もいささか麻佐子を持て余し気味に、煙たげな表情だった。

「よその局のことだから詳しくは分らないが、なんでも、その晩は或る旅館に泊ったが、どうやら一人ではなかったというんだよ。憶測するやつに云わせると、そこに恋人だか何だか知らないが、とにかく特殊な関係の人が居合わせていたそうだ」

「そう。それで、その相手の人は誰と云ってるの？」

「そこまでは分らない。いや、これはぼくが口を濁してるわけではなく、さすがのスタジオ雀も真相を摑んでいないというところだな。下沢江里子には、これまで二、三の男とは噂があった。だが、現在のところ、それは全部切れているらしい。だから、湯河原の晩に彼女と待ち合わせていた男は、これまで名前が挙がっていない別な男性ということになる」

麻佐子は杉村の顔を浮かべたが、そんなはずはないと首を振った。なぜなら、杉村は隆子の帰りが遅いといって十九日の夜も銀座の店に残っていたし、翌日の早朝には麻佐子の家に電話をかけてきて、彼女も彼と店で会っている。

「では、江里子さんが泊った旅館の名前は分ってるの？」

「そこまでは先方も云わないよ。なにしろ、自分のところで使ってる女優さんだから、変に他の局の者につつかれると拙いと思ってるんだろうな」

麻佐子の頭には、またしても杉村が持っていたマッチの「野田屋」が浮かんでくる。

隆子は京都に行ったまま、その十九日の晩は帰ってこなかった。同じ晩に江里子は湯河原に泊っている。その湯河原の旅館のマッチを杉村が持っていた。

さらに云えば、翌る日の二十日に隆子のため九州の山林を周旋した不動産屋の海野が交通事故で死んでいる。その轢いた車は北星交通といって隆子が急に出入りの車にした会社だ。——

麻佐子は頭の中が混乱してきた。

14

翌日、麻佐子は、家を早く出て湯河原に行った。もっとも、母には行先を別なところにして、クラス会の集りだと誤魔化しておいた。

新幹線を熱海《あたみ》駅で降りて、タクシーで湯河原に着いた。ここにくるのも四年ぶりぐらいで、前に母と一緒にきたことがある。

そこからバスやタクシーに乗る温泉客は、ほとんどがアベックだった。女ひとりで、旅館に入ろうとするのは麻佐子だけで、少し心細かった。

彼女は初め、杉村が持っていたマッチの「野田屋」を考えたが、これはさし当り直接に役に立つとは思われなかった。問題は、七月十九日に下沢江里子が泊った宿を捜すことである。

夏の温泉街の昼は温泉客の姿も少なく、街なかも白々しい感じだ。麻佐子は、川の流れている温泉街の中心地でタクシーを降りた。両側に旅館がひしめき、片側の川の向うにも、山の斜面まで大小の旅館がせり上がっている。

この夥しい旅館の中から、下沢江里子の泊った宿が見つかるだろうか。一軒々々尋ねて歩いてはたいへんな時間と労力を要する。それに、彼女を泊めた旅館が果して正直に云ってくれるかどうかも分らないことだ。

どの旅館も玄関は格式張っていてそんな用事でくる人間を拒絶しているようにみえた。麻佐子はぶらぶらと歩いているうちに、土産物を売っている店の前に通りかかった。派手な色に染め抜いたタオルや、箱根細工、貝殻細工、人形、玩具、羊かんなど、どこにもあるような品が、見た眼に賑やかにならんでいた。二十歳前後の女の子が店番して二、三人でおしゃべりしているところもあれば、中年の女が往来を窺うように眺めて、何かお土産いりませんか、と通る客ごとに声をかけるのもいる。

麻佐子は、そんな土産物の店に、若い女が女性用の週刊誌をひろげているのが眼についた。夜と違って客足も少ないから、多分、閑散《ひま》なのであろう。麻佐子が前を通っても雑誌から顔を上げなかった。

麻佐子は、その雑誌のことでふと、思いついて店の中に入った。十八くらいの、細い眼をした少女が初めて雑誌を置いた。

「いらっしゃいませ」

気のない声で迎えた。

麻佐子は、品物を選択するような振りをして、二、三の品について質問した。なるべく親しみがもてるような訊き方だったので、その女店員もにこにこして応じてくれた。麻佐子は、小さな箱根細工の一つを女店員に包むように云った。

「ありがとうございます」

女店員が包装している手つきを眺めながら、麻佐子は何気なくたずねた。

「ねえ、変なことを訊くけれど、あなた、この前、大観山のところでテレビのロケーションがあったのをご存じ？」

女の子は変な顔をしたが、女性週刊誌を読んでいるだけに興味をすぐ顔にみせた。

「さあ、よく存じませんけれど」

同時に、彼女は麻佐子を、その方面の人間ではないかという眼つきで見た。

「この前、テレビを見たら、偶然、その場所が映っていたのでおききしたのよ」

「まあ、そうですか。わたしは見ませんでした」

「あなた、女優さんの下沢江里子さんてご存じ？」

「ええ。週刊誌にときどき載ってますから知ってます」

「その下沢さんが、そのロケに映っていたんだけれど……」

反応は忽ち、その女店員の表情にあらわれた。

「まあ、あのときがそうだったんですか」

包装の手を休めて眼をまるくしている。

「あのときって……ああ、この家の前を下沢さんが通ったんですか？」

「お通りになったというか、とにかく車で前を過ぎられたんですが、そのあと、今のは下沢さんだと云って、ほかの友だちが騒いだんです」

「そう」

麻佐子は胸が弾んできた。

「それは昼間でしたの、夜でしたの？」

「夜ですわ。そのまま旅館に入られましたから」

「旅館？」

麻佐子は唾を呑んだ。

「それはどこの旅館かしら？」

「ここから一丁ばかり下のほうに行きますと、橋を渡ったところに碧水楼という旅館がございます。そこにお入りになりましたわ」

「間違いありませんの？」

「間違うもんですか。友だちがサインを貰うのだといって、翌朝、碧水楼に行ったところ、もうお発ちになったあとだといって、口惜しがっていましたわ。それに、碧水楼の女中さんも下沢さんが泊ったと云いふらしていましたから」

「どうもありがとう」

麻佐子は案外なところで他愛もなく下沢江里子の旅館を聞き出した。なにも湯河原中の旅館を一軒々々聞き込んで歩く必要はない。それを考えて、重かった気分が忽ち軽くなった。

「それ、やっぱりロケの帰りかしら？」

「きっとそうかもしれませんわ」

「今から何日前？」

「そうですね、まだ四、五日ぐらいしかなりませんわ」

それなら間違いなかった。

麻佐子は店を出たが、こうなると、なるべく小さなものを買ったつもりの箱根細工が邪魔になった。

碧水楼はそれほど大きくはないが、最近建った旅館らしく、近代的で瀟洒な構えだった。いかにも下沢江里子が好みそうな旅館である。

麻佐子が玄関に立つと、三十くらいの赤い頰の女中が膝を折った。

「しばらく休ませていただきたいんですけれど、お部屋がありますか」

「はあ」

麻佐子をじろじろと見上げた。

「お一人さまですか？」

「はい」

「お泊りではございませんか？」

「多分、夕方に帰ることになると思います」

「六時からは予約のお客さまでいっぱいになりますから、それまででしたらよろしゅうございます」

「それで結構ですわ」

麻佐子はスーツケースも何も持っていない。女中は帳場に行って部屋の打ち合わせをしていたが、やがて三階に連れて行った。通されたのは川の見える部屋だった。高いだけに眺望は佳く、湯河原の一筋街が真下に見おろせた。

「お風呂はいかがでございますか」

女中は改まって挨拶かたがた訊いた。

「そうですね、あとで入りますわ」

「左様でございますか」

女中は妙な顔で観察するように視ている。

「あの、お客さまはほんとにお一人さまでございますか？」

「どうして？」

「いいえ、あとからお伴れさまがお見えになるかと思いまして」

麻佐子は顔が赧らんだ。

「いいえ、わたしだけですわ」

「失礼いたしました」

次に、貴重品をお持ちなら出してくれと女中は云った。これも麻佐子は必要のないことを告げた。

そして、手早くハンドバッグから取り出しておいた千円札を一枚、女中の手に握らせた。

「まあ、恐れ入ります」

女中はお辞儀をしてから訊いた。

「お嬢さまは東京からでございますか？」

「そうです」

「お暑いのに、わざわざこちらにいらしたんですか」

「いいえ、ついでなんです」

云ったのは、下沢江里子のことを訊き出すのに都合があるからである。

「そうですか。いえね、お若い方がお泊りになると、正直云って、宿では少し心配なんでございますよ」

女中は初めて安心したように笑った。

「どうしてですか？」

「よく自殺を考えていらっしゃる方がおられますから」

それで女中はしつこく、あとから伴れがくるのではないかとか、じろじろと様子を見たりしたのかと思った。

「近ごろ、そんなことがありません？」

「いいえ、ここのところ聞きませんけれど、でも、温泉町というと自殺はつきものですから、一年に二、三度は必ずございます。でも、近ごろは旅館の迷惑を考えてか、山に入って亡くなられる方が多うございますわ」

それで話のきっかけができた。

「この上の山は眺望がいいからつい、そんな気になるのでしょうね」

麻佐子は云った。

「そうかもしれませんわ。ここから箱根に抜ける峠がとてもよろしゅうございますから」

「テレビで見ましたわ。つい、こないだ」

「あら、じゃ、大観山でございますね。そのテレビに出られた方、わたしのところに泊っていただきました」

「そう？」

麻佐子は、わざと釣りこまれたように興味を示した。思ったより早く話がとれた。

「どなたかしら？　もし、それが下沢江里子さんだったら、素敵だわ」

女中はニヤニヤした。

「お嬢さま、じつはその下沢さんでございますよ」

「あら」

麻佐子は、わざと眼を瞠ってみせた。

「お嬢さまは下沢さんのファンでいらっしゃいますか?」

「ええ、好きだわ。とっても」

「でも、テレビや映画で見るよりも、ちょっと実物の感じが違いますね」

三十すぎの女中もそんな話が好きだとみえて坐りこんだ。

「どう違いますの?」

「そうでございますね」

女中はちょっと云いにくそうにしたが、

「役のせいか清純なお嬢さんの印象があるでしょ。けど、実物は案外くだけた方でございますわ」

この「くだけた」という言葉が麻佐子にぴんときた。いわば、婉曲に江里子の実体を引きずり下ろして語ろうとしている。

それは旅館の女中が職業のうえで知っている秘密ともいえた。他人の知らないことを自分だけが知っている。他人には云ってはならないが、誰かにこっそり洩らしたい——そういう心理が働いていると麻佐子はみた。

「それはどんなこと？」

麻佐子がハンドバッグをあけて、東京駅のホームで買ってきたチョコレートを差し出すと、女中は、

「ごちそうさま」

と、大きな手を出した。

「こんなこと云っていいかどうか分りませんけれど」

女中の口がずっと気楽に開いた。

「ほんとに、お嬢さま、女優さんというのは、映画やテレビで見ただけでは分りませんね」

女中は話しだした。

「下沢さんは、いつもあんな清純な役でしょ。ところが、これはほんとに内緒ですけれど……」

「いいわ。あなたに聞いたなんて誰にも云いません」

「ぜひ、そうお願いします。宿の女中がしゃべったなんて分れば、わたしは馘首《くび》になりますからね。……ところが、その下沢さんは、ちゃんとここで男性の方とお会いになったんですのよ」

麻佐子に予期されない言葉ではなかった。江里子にそんな男性がいても少しも不思議ではなかった。ただ相手が分っていない。

「まあ、その方、下沢さんの恋人かしら？」

「いいえ、恋人というのか……わたしはパトロンじゃないかと思いますね」

「そう。じゃ、そんなに年取った方？」

「それほどでもありませんけどね。そうですね、年齢は四十ちょっと出たくらいの方です。でっぷりした体格の、いかにも金のありそうな実業家タイプでしたわ」

「へえ。で、名前は？　あら、こんなことを訊いて悪いかしら」

「いいえ、どうせお話したんですもの。ところが、その方の名前は、下沢さんが先にお入りになったので、つい、それで代用してしまいました」

「そんな場合、二人とも名前を書かなくてもいいの？」

「ほんとうは書かなくちゃいけないんですが、アベックの方には、こちらで気を利かせます」

男の名前がなかったのは残念だった。しかし、どうせ本名を書くとは限らない。

「じゃ、その男の方は、夜遅くお着きになったのね？」

「左様でございますね、あれで八時ごろでしたか。下沢さんのほうは六時半ごろにお見えになりましたけれど」

「それから、何か変ったことでもありまして？」

麻佐子は眼の縁を赤らめて訊いた。この際やはり徹底的に訊いておく必要があった。

「下沢さん、その方が見えるのを待っていらっしゃったように、早速お酒となりましたけれど……そうそう」

女中は思い出したように云った。

「そういえば、その男の方だけお一人で二時間ほど外出されました」

「へえ。どこにいらしたの？」

「なんでも、近くに知った人が泊っているから、その人を訪ねてくるとおっしゃって出かけられたんです」

麻佐子ははっとなった。忽ち浮かんだのが「野田屋」である。その男の知っている人間というのは、もしや杉村ではなかろうか。

いやいや、そんなことはない。あの晩は杉村は銀座の店にちゃんといた。そして隆子の帰りを待っていたのだ。それは麻佐子がよく知っている。

「その訪ねられた旅館というのは、野田屋というのじゃありませんか？」

「さあ、野田屋さんだかどうだかわたしには分りませんが、とにかく男の方がおひとりでお帰りになったのが十一時すぎでした」

「そして朝早くお二人はここを出られたのね？」

「いいえ、下沢さんだけが早かったんです。なんでも、撮影所の仕事があるとかいって、七時にはお発ちになりました。ですから、サインを貰いにきた女の子ががっかりしていました」

「男の方は何時ごろに帰られたの？」

「そうですね、今日はゆっくりするとおっしゃって、九時すぎまで寝ておられました。ここを出かけられたのが午前十一時ごろでしたかしら」

麻佐子は、下沢江里子のパトロンが誰かというのを聞いたことがない。叔母の隆子は江里子と親しいから、あるいは承知しているかもしれないと思った。

「ねえ、ほんとにわたしはがっかりしましたよ。お嬢さんの前ですが、もう下沢江里子さんなんぞのファンにはなりません。今までのイメージがすっかり崩れてしまいましたわ。……そりゃ人間ですし、あのような稼業の人ですから、いろいろご事情はあるでしょう。でも、こういう商売をしていても、わたしは美しいものを求めますわ。いいえ、人の裏ばかり見せつけられているので、そんな気持になるのかもしれません」

頰の赤い、三十女はつづけた。

「それに、相手の男の方がもっとスマートな人なら、いくぶんでも気が休まりますけれど、なにしろ、脂ぎった人で、顔つきだってまるでお百姓さんみたいですもの。ただ、口髭をつけて威厳をみせてはおられましたが」

「そう」

これだけ聞けば、麻佐子としてはもうここに居る必要はなかった。あといろいろ聞いても、所詮は下沢江里子の愛欲模様だけになりそうである。これは今の麻佐子には興味の外側にあった。

急に思い出した用事があるので帰ると麻佐子が云うと、女中はおどろいた。

「でも、いいお宿ですから、また来ますわ」

麻佐子は、その女中が元子という名であることを手帳に書き留めて碧水楼を出た。

次は野田屋である。そこのマッチを持っていた杉村が、その旅館にどのような影を落しているだろうか。麻佐子は少し恐ろしいような気がした。

15

野田屋という旅館は川より東側にあった。湯河原は、この川を境にして東側が神奈川県で、西側が静岡県になっている。野田屋は神奈川県だった。

その宿の小さいのには意外だった。同じ小ぢんまりとしたものでも、碧水楼は上等な客を泊める旅館だ。湯河原には大きな旅館も多いが、碧水楼はいわば趣味の宿といった趣があり、それだからこそ下沢江里子も泊ったのだと思う。

ところが、野田屋はまさに湯治客の宿といった感じで、すぐ横に六階建の大きなホテルがあるから、よけいにみすぼらしい。こんな宿に、と思うが、サラリーマンの杉村にしてはここに泊るよりほかなかったのであろう。

倉田麻佐子は、碧水楼で云った通りに、部屋でちょっと休ませていただけないかと云った。

出てきたのは二十五、六の背の低い女で、やはりじろじろと麻佐子を観察した。前の場合に経験しているので、今度はそれほど不愉快ではない。女ひとりの客だというと、ここでもやはり不思議がられた。

六時までという約束で、西陽の当りそうな八畳ぐらいの部屋に通されたが、家の造りも調度も碧水楼から比べると侘しいかぎりであった。

卓の上の灰皿には、この家のマッチが添えてあった。

（やっぱりこれだわ）

麻佐子は、それを手に取ってみた。杉村があのとき持っていたのと全く同じものだった。

女中が茶を運んできた。

「ちょっと待って下さい」

麻佐子はすぐに退ろうとする女中を止めた。

「ちょっとお訊きしたいことがあるんです。変に思わないで下さい」

と前置きして、

「実は、わたくしの親戚に当る人が家から居なくなりましてね。名前は杉村というんですけれど」

「はあ」

女中は怪訝な顔をしている。

「その人は、もしかすると、自殺のおそれがあるかもしれないんです。いま、警察に家出人保護願を出していますけれど、わたくしがふと思い出したのは、その人がお宅のマッチを持っていたことなんです」

「はあ」

女中は自殺のおそれがあると聞いて、不安そうな顔になった。その客が今にもここに入って来そうな面持でいた。旅館内で自殺されると、その旅館は大迷惑である。その部屋の大改装をしなければならぬし、客足は一時的でも落ちる。どこの旅館でも自殺しそうな様子の客を警戒する。

「それで、その人はこちらにはいつ泊ったか教えていただきたいんです」

「その方は、杉村さんという名前でお泊りになったんでしょうか?」

「それがよく分らないんです。もしかすると変名かも分りませんわ。でも、きっとここには単独できたと思いますわ。男客ひとりで泊ったのですから、記憶はありませんか? 最近だと思うんです」

「さあ」

女中は起ちかけた膝を元に戻して首をひねった。

「おひとりでお見えになる男のお客さんも少なくありませんから、それだけでは見当がつきませんわ。どんな人相だったんでしょう?」

人相と女中が云ったので、麻佐子はおかしくなったが、とにかく、杉村の容貌をできるだけ詳細に言葉で描写した。年齢、背の高さ、洋服の色、ネクタイ……湯河原くらいだから、店でしている服装と変りはあるまい。

女中は見当がついたというような顔をした。

「待って下さい。いま、宿帳を調べてきます」

「済みません」

「いいえ。でも、それはご心配ですね」

女中は自殺を本気にしていた。のみならず、年齢からみて麻佐子の許婚者か恋人ぐらいに勘違いしているらしい。だが、この勘違いはありがたい。向うで真剣になってくれている。

まもなく女中は宿帳なるものを持って戻ってきた。それは細長い伝票みたいなものだった。

「それらしい方は、このお客さんですわ。でも、お名前が杉村さんじゃありませんね。これには川島太郎さんと出ています。住所も横浜ですわ」

麻佐子はそれを見た。まさしく杉村の筆蹟だった。川島太郎などと、いかにも偽名めいている。

彼女は日付を見た。七月二十日になっていた。二十日といえば四日前である。あのマッチを杉村が持っていたはずだ。江里子が碧水楼に泊ったのが十九日だから、その翌日にここに杉村は来ているわけだ。時刻を見ると、午後九時に到着して翌朝午前六時には出発している。これは開店時間までに間に合わせるためだろう。

「でも、この方は、この日だけじゃありませんん」

女中が云ったので、

「えっ、この日だけではないんですか?」

と、麻佐子は意外に思って訊き返した。

「はい、わたしのほうには前に二回ほどいらしています」

「それは、いつといつですか?」

「はっきりとは分りません。でも、先月二回ほどおいで下さいました。先月の宿泊人名簿の綴を見るといいんですけれど、それを階下から捜してこなければなりませんので」

女中はその手間を面倒臭がっているようだった。だが、正確な日付は分らなくとも、大体のことを聞けばいい。

「そうですね、先月は十日ごろだったと思います。それと月末に見えましたわ。月末というのははっきりしています。恰度、そのとき愛知県の農業会の主婦がたがどっとお入りになりましたから、その方には四畳半で我慢していただきました」

麻佐子は、背の低い彼女にもチップをあげた。

そのとき川島太郎と偽名した杉村の行動はどうだったか。

「左様でございますね」

女中はよくおぼえていた。

「初めておいでになったとき、つまり先月の十日ごろなんですが、七時ごろにお着きになりまして、風呂から上がって夕食をお食べになり、散歩にお出かけになりました。そうでございますね、それが二十分くらいだったでしょうか。それから一時間ばかりお部屋に休んでいらして、どうも退屈するからといって、またお出かけになりました」

「つまり、二度出かけたわけですね？」

麻佐子はたしかめた。

「そうなんです。二度目のは三十分くらいでした。そして、もう一度また出かけられたんです」

「じゃ、三度？」

「はい。三度目は十一時ごろでしたが、これは少し長くかかりまして、十二時ごろに宿にお帰りになりました」

不思議な行動である。杉村は、なぜ、この旅館から三度も散歩に出たのか。無聊のあまりにしては頻繁すぎる。

その点は杉村が二度目にきた先月の末もあまり変っていなかった。

「二度目においでになった先月末は二回お出かけになりましたけれど、このときは、一時間ずつの散歩でした。初めが八時ごろで、次は十時ごろでした」

湯河原に、そんな面白いところがあるのだろうか。

「さあ、どうでしょうか」

女中は笑った。

「ここはご存じのように一本町で、別に娯楽機関はありません。これがずっと前でしたら、殿がたもお遊びにおいでになるところが多かったんです。赤ペン青ペンなどという変な名物もありましたわ。でも、今は東京からみると、ちゃちなバーくらいしかありません」

「で、そのお客さんはどこに行ったと話していましたか？」

「わたしもそれを訊いたんですが、別にお酒を飲んでお帰りになった様子もなく、この辺をぶらぶらして来たとおっしゃいました。もう少し先に行くと滝がございますが、そんなところに夜行っても面白くも何んともありません。お客さんは少し風邪を引いたとおっしゃって、お帰りになったときは顔色が悪うございました」

　杉村は二十日にはどうしたのだろう？

「四日前の晩でございますね。そのときは十時半ごろにお出かけになって、お帰りは午前一時ごろでした。わたしのほうは十一時限りですから表を閉めていますと、ベルが鳴ったので、わたしがお開けしたからよく分っております」

「へえ、そんなに遅く」

「お出かけになるのも遅うございました。どこにいらっしゃいましたかと笑いながら訊くと、なに、ヌードスタジオが面白かったから、つい遅くなったと、笑ってらっしゃいました。……ねえ、お客さんは、やっぱりあれは死場所を捜していらしたんでしょうか？」

　女中は心配そうな顔をした。

「そんなこともないでしょう」

　麻佐子は、自殺行のことをあまり強調してはいけないと思って控えた。これからまた杉村がいつくるか分らないのである。

「ここの旅館に入ってから、その川島さんはいつも独りでしたか？」

「ええ、さっき申しました通り、おひとりでございます」

「そうじゃないの。誰かを待合わせているとか、よそからお客さんが訪ねてくるとかいうことはなかったんですか？」

「それはございませんでした」

「電話もなかったの？」

「いいえ、ほんとにひとりでお出かけになる以外は、ぽつんとお部屋に黙って引っこんでいらっしゃいました」

杉村はあまり酒が飲めない。男のことだから温泉町のヌードスタジオぐらいはのぞくかもしれないが、それほど乱れた生活はしていないようだった。

むろん、この湯河原行が店の用事でないことは分りきっている。彼が湯河原に行ったことなぞ、ついぞ聞いたことはないのだ。

麻佐子は、下沢江里子と杉村との関連を考えた。それこそここに訪ねてきた目的だった。

「その杉村さん、いえ、川島さんといっていたその人は、下沢江里子さん、ほら、テレビによく出る女優さんがいるでしょ？」

「ええ、ええ。この前もここにロケにおいでになって、碧水楼さんにお泊りになりました。もっとも、それはあとで聞いたんですが」

「その下沢さんの話をあなたにはしなかったですか？」

「いいえ、そんなことは全然伺いません。とにかく無口な方のようでしたから」

もし、杉村が碧水楼に泊った下沢江里子に何んらかのつながりがあって湯河原にきたとすると、当然、彼は十九日の晩にこなければならない。二十日では江里子が帰ったあとだ。

では、彼が先月の初めと終りと二回きたときに、下沢江里子はこの湯河原に泊っていたのだろうか。

「いいえ、それは聞きません」

女中は麻佐子の問いに答えた。

「そんなことがあれば、すぐに分りますわ。いくらお忍びでも、あのお顔なら知れていますからね。旅館の女中は、まあ、口が固いことになっていますが、女優さんなんかになると、やっぱり話したくなりますからね」

もし、下沢江里子が先月きてなかったとすると、杉村は江里子とは関係なしにここに来たことになる。その目的は何だろうか。

麻佐子は、大体のことを聞き終ったので、ここを出ることにした。

「あら、もうお帰りですか？」

女中はびっくりしている。

「済みません。やっぱり家出した親戚の者が心配になりましたから、東京にすぐ帰ります」

「そうですか」

「でも、もし、その川島太郎さんという人がまたここに現われても、わたくしのことは云わないで下さいね」

「はい……」

「こんなことを彼に聞かせると気分をこわしますし、わたしを恨みますわ」

「はい、ごもっともです。……でも、あのお客さんが今度おひとりでこられても、まさか死なれるようなことはないでしょうね？」

「大丈夫です。今度きたときはもう、その心配がないときですから」

麻佐子は念を押して勘定を払った。ハンドバッグの中には宿のマッチを入れておくのを忘れなかった。

麻佐子は、もう一度、この野田屋と、江里子が泊った碧水楼との地形を眼でたしかめた。あたりは川を挟んで旅館が一ぱい犇《ひしめ》いている。現に野田屋の前にも豪華な旅館が連なっている。路が狭いだけに、その対比がはっきりと分る。野田屋は気の毒なくらい貧弱だった。

どうも解らない。麻佐子は、東京に帰る新幹線の中で杉村の行動を解こうと考えた。

杉村は旅館で誰にも会っていない。外からの訪問客もない。してみると、彼が野田屋に泊った目的は「夜の散歩」にある。とすれば、彼はそのとき誰かを訪ねて行ったと考えるほかはない。

それは土地の者ではあるまい。おそらく、他の旅館に泊っている人間ではないか。杉村は、先月の初めに三回、終りに二回、四日前は一回、外出している。最近になるほど回数が減っているのも妙だ。そんなにしばしば人を訪ねなければならなかったのか。

もっとも、先方が不在だったという場合もありうる。三度出かけたのは、二度が不在で最後に会えたというわけだろう。先月の終りは二回目で先方に会えたのだろう。すると、四日前は一回で相手に面会することができたことになる。

ここで麻佐子は、それならなぜ杉村が相手の旅館に泊らなかったのかという疑問に突き当った。

これは二通りの解釈ができる。つまり、杉村が急に行ったものだから部屋が取れなかった。それで仕方なしに近所の野田屋に泊った。もう一つは、面会に行く相手の泊っている旅館が高級なので杉村には負担がかかりすぎる、という理由だ。高級な旅館といえば、すぐに頭に浮かぶのは碧水楼である。碧水楼に杉村の会う相手は泊っていたのだろうか。

こう考えたとき、麻佐子は、はっとなった。

碧水楼に泊っていた江里子の相手と思われる男の人相だ。あのときはすぐには思い当らなかったが、女中は、

(脂ぎった人で、顔つきだってまるでお百姓さんみたいでした。ただ、口髭をつけて威厳をみせておられましたが)

と云っている。

麻佐子は、杉村の人相を話すのに言葉で詳しく彼の特徴を描写したが、碧水楼の女中の描写は、まさに道玄坂上で見た北星交通社長横山そっくりではないか。

あのときは北星交通の運転手に教えられて一瞬の視野にやっと捉えたが、実によく似ている。近ごろは口髭をつけている男の人が少ないだけに、それが大きな特徴

といえた。

そういえば、五日前の晩も碧水楼に泊ったその男は、「近くに知った人が泊っているから、その人を訪ねてゆく」といって午後九時ごろに出ている。帰ったのが十一時近くだと女中は云っていた。

杉村も「散歩だ」と称し、野田屋を出て誰かに会いに行った形跡がある。

杉村が会いたい相手は横山社長だったのではないか。横山が近くに泊っている知人といったのは杉村だったのか。

（いやいや、そんなわけはない。横山が下沢江里子と一緒に碧水楼に泊ったのは十九日だった。杉村が野田屋に行ったのは二十日である。しかも、杉村は十九日の晩は銀座の店に遅くまでいて隆子の帰りをずっと待っていた）

日にちが一日ずれている。だから、横山社長が訪ねて行ったのは杉村ではない。

――それにしても麻佐子は、下沢江里子の正体を知って少なからず彼女に幻滅を感じた。もともと、それほど立派な女性とは思わないが、現実に宿の女中の話を聞いて、さらにがっかりしないわけにはゆかない。

（道理で）

と、麻佐子は思い当った。

自分が乗っていたハイヤーの運転手は、下沢江里子が見送りに出たのを見て、

（あの人はどこかで見たことがあるようです）

と云ったではないか。

してみると、江里子のパトロンは、あの北星交通の社長だったのではないか。運転手は、社長と江里子とが一緒にいるところをどこかでちらりと見かけたのかもしれない。ただ、あのときはそれが思い出せなかっただけであろう。

ここで麻佐子は、叔母の隆子が北星交通のハイヤーを急に入れた謎がすらすらと解けた。それは隆子が江里子から頼まれて仕方なしに横山の会社と契約したにちがいない。隆子と江里子の関係は、洋裁店主と顧客というだけではなく、もっと親しいものなのだ。

16

翌日、麻佐子は午前中に銀座の店に行った。午前中を択んだのは叔母の隆子が、たいてい新宿の支店だとか、工場とかを先に見回って、銀座に出るのが遅くなるからである。つまり、麻佐子は杉村と話すのに、隆子がいては都合が悪かったのであ

る。

十時ごろ、店の三階に上ってゆくと、杉村はほかのデザイナーと打合せを済ませた直後だった。

「やあ、よくこのごろは現われますな」

杉村は麻佐子に笑った。

「天気はいいし、時間があまってしようがないから」

麻佐子は腰を下ろした。

「結構ですな」

杉村は微笑している。大人が子供にむけるような微笑であった。

杉村は格別好男子というわけではないが、話していると誰でも親しさが持てるという顔だ。それは彼の顎が長く、少し、しゃくれた面貌のせいかもしれない。ちょっと、俳優の信欣三《しんきんぞう》に似ている。

「叔母さまは、まだ、いらっしゃらないの？」

「ええ、二時間くらいあとでしょう。今日は、いつもより少し遅れるという連絡がありましたから」

「そう」

「何かご用ですか？」

「いえ、別に」

杉村は煙草を喫った。今日のマッチは湯河原の「野田屋」ではなく、銀座の喫茶店のものだ。

「ねえ、杉村さん、わたくし、昨日、箱根に行きましたわ」

麻佐子は、何気ない顔で云った。

「箱根？　それはお愉しみでしたね」

「クラスメートと一緒に行ったの。それから、帰りに湯河原に寄ったわ」

麻佐子は杉村の顔を見ないで云った。最初に箱根を出したのは、むろん、湯河原を何気なく引き出すつもりだった。

「そうですか。それは気晴らしができましたね」

杉村は平然としている。まだ、麻佐子の言葉の意味に気づいていなかった。麻佐子のほうが胸をどきどきさせた。

「ねえ、杉村さん。あなた、湯河原にいらしたことありまして？」

「ええ、湯河原くらいはありますよ」

杉村はまだ麻佐子の意図を察していなかった。

「最近ありますか？」

「え？」

杉村の眼が少し戸惑ったようだった。

「そうですね、一年ぐらい前でしたか、一度行ったきりです」

嘘をついている。すると、杉村が例の野田屋に泊ったのは、誰にも知られたくない秘密だったのである。

「わたくしは四年ぶりですわ。ずいぶん旅館が建ってるのね」

「そうですな。……どこにお泊りでしたか？」

「泊りはしなかったわ。ただバスで素通りしただけなの」

「なんだ、それではつまらない」

杉村は云ったが、どこかほっとした表情にみえた。

この杉村に野田屋の一件を話してやったら、どんなにおどろくだろうか。それも実は一つの手だと思っていたが、杉村の顔を見ていると、少し気の毒になってきた。今は彼の湯河原行が秘密だったことだけを知ればよい。できるなら、その行動の説明を察知したかったが、これは質問のきっかけがなかった。

仕方がないので、

「そのバスの中には土地の娘さんが乗っていたけど、ほら、下沢江里子さんね、あの人がこの前テレビのロケで大観山に来ていたとしきりに話していたわ」

「そうですか。女優さんもほうぼうを回るんですね」

心なしか杉村の顔がまた曇ったようだった。

「そうなの。そして、なんでも、下沢さんはその晩湯河原に泊ったんですって。その娘さん、サインを貰いに旅館に行ったら、下沢さんが朝早く発ったあとだったと、こぼしていましたわ」

「へえ……やっぱり下沢さんは人気があるんですね」

杉村は当り障りのないことを云う。だが、それは彼の好まない話題であった。その証拠に杉村は、そんな話は興味がないと云いたげに忽ち話題を変えた。

「そりゃそうと、近ごろ社長に会いますか？」

社長というのは叔父の信雄のことである。もっとも、この社長は一切を隆子に任して全然見向きもしないし、口出しもしない。

「この前、伺ったわ」

「お元気ですか？」

「ええ。相変らずご自分の道楽をやってらっしゃるわ」

「ぼくもずいぶんご無沙汰しているので、いつか伺いたいと思っています」

当り障りのない返事だ。

だが、麻佐子は、これだけは訊いてもいいと思った。

「ねえ、杉村さん。うちに入ってる北星交通のハイヤーね。あれ、下沢さんとこの紹介じゃない？」

杉村は実際におどろいたようだった。

「どうして、そんなことが分ったんですか……まさか社長が？」

麻佐子の顔をみつめている。

「ううん、そうじゃないの。叔父さまは何もご存じないわ。じゃ、あなたは、下沢さんの口利きで北星交通がここに入ったのを知ってたのね？」

「ちらりと耳にしたことはありますが、はっきりとは知らなかったもんですからね」

杉村は口を濁した。

麻佐子は隆子の店を出て、どっちに行ったものかと、四丁目の角に佇んで迷った。さし当っての行先がない。眼の前には夥しい群衆が舗道を流れている。信号が変るたびに群衆と車とが交互に流れた。

麻佐子は一たん渡って、松坂屋のほうへぶらぶらと歩いた。所在ない散歩のようだが、頭の中は忙しかった。

今の杉村の口ぶりで、彼が湯河原の野田屋旅館に行ったことは内密な用件だったとはっきり分った。してみると、彼の野田屋における「散歩」が問題となってくる。あの旅館の女中が話したように、最初に泊った夜は三度の外出で、二度目が二度の外出である。そして、一番近い二十日の晩が一度だった。これは一体何を意味するのだろうか。

三度の外出が二度になり、一度になるというのは、もしかすると、最初の晩は何かを求めて捜していたといえるのではないか。次の二度目は、ややそれが見当がついたというわけで、捜している範囲が狭まったことを意味する。そして最後の一回は、もう見当がついて一度だけの外出で用が済んだということになろう。

たしかに杉村は湯河原で何かを捜していた。しかも、それは下沢江里子ではなかった。

江里子だとすると、彼女が箱根のロケの帰りに泊った晩、杉村は湯河原に来ていなければならないのである。

一体、何を捜していたのか。

するとと、杉村が三度とも野田屋に泊ったという事実に気がついた。人は最初の宿に泊ると、ずっとその宿に泊る習性がある。だが、それにしても、麻佐子が自分の眼で見た通り、野田屋はあまりにも貧弱だった。女中のサービスが行届いているとか、経営者が気持がいいとかいうことなら別だが、あの女中の話を聞いても、杉村は大して旅館側と接触もしていない。泊るなら別な宿にしてもよさそうである。なぜ、野田屋に限定したのだろうか。

「あら、麻佐子じゃないの」

デパートのウインドーの前まで来たとき、麻佐子は声をかけられて顔をあげた。学校時代の友だちで、今は外国系の商社に勤めている。

「しばらくね」

「ほんとに」

立話がしばらくつづいた。旧友の消息のこと、お互いの最近の情報が止めどもなく話に出る。

結局、近くの喫茶店に誘われることになった。ここでも約三十分おしゃべりがつづいたが、相手は会社を抜けてきたと云って椅子を引いた。

「麻佐子、どうするの？」

「わたしはここにちょっと残るわ」

幸いあまり混んでない店だし、感じも悪くはなかった。しばらく休んで考えてみたいことがある。

「なんだかおかしいわね。あとから誰かがくるのじゃないの？」

「まさか」

「怪しいもんだわ」

友だちは眄《なが》し眼で睨み、出て行った。

思わぬ邪魔が入って思索は中断されたが、あのつづきを考えなければならない。

さて、杉村がどうして三度とも野田屋に泊ったかという謎だ。

麻佐子は前に、杉村の収入からして野田屋クラスの旅館が適当だったのだと単純に解釈をしていた。それもあるかもしれない。しかし、もっと重大な理由が潜んでいるように思える。

その第一は地の利ではあるまいか。つまり、野田屋に泊ることが彼の捜す何かに就いて便利な位置だったということである。

野田屋自体に用事がないのは、杉村が頻繁に外出していることでも分る。だから、彼が内密に誰かに会うとか、何かを探るとかするなら、野田屋が一ばん便利だったわけだ。――しかし、その反対の想像もある。もし、杉村が自分の行動を他人にかくしたとするなら、少々目的の場所から遠くとも、目立たないところに泊るかもしれない。つまり、野田屋の位置は二通り考えられるのだ。捜している対象に近い距離か、遠いか、である。

麻佐子は、この場合近いほうを択んだ。野田屋から近い距離――その射程内に何があるのか。

麻佐子は、杉村が外出している時間を考えてみた。それはただ散歩に歩き回っている時間ではあるまい。ある用事をしている時間が大部分だったと思われる。湯河原の町は細長いが、範囲としては大きくない。神奈川県側と静岡県側と両方合しても知れたものだ。端から端まで歩いたとしても、奥湯河原を除けば、それほど時間はかからぬ。殊に野田屋は温泉街のほぼ中央にあった。

杉村が往復を歩く時間を差引いた残りの大部分の時間を何に使ったのだろうか。人と話していたのか、あるいは何かを捜していたのか。しかし、捜していたとすれば、最初の晩の三回の外出で、あとの二回は、前にも考えた通り、すでに見当がついていたと思う。

だから、杉村は誰かと会っていたのだ。それは北星交通の社長横山道太ではあるまい。なぜなら、彼が最後に下沢江里子と泊った夜は、杉村は東京にいたからだ。

麻佐子は、杉村が会っていた相手を考えているうちに、自分でもどきりとするような人物が心に泛んだ。

それを考えついたとき、それ以外にないような気がした。もっとも、その想定は、杉村が湯河原に泊った第一回と第二回の夜だけで、最後の二十日は杉村は相手と面会していない。いや、面会しようにも相手はいなかったのである。だから、二十日の晩は杉村は別な目的で湯河原に行ったことになる。

麻佐子は胸が高鳴ってきた。自分でも暗い穴の中をのぞいたように感じた。

よほど、この探求を中止しようかと思ったが、それでは今までつづけてきたことが無意味となってくる。ここで弱気になってはならないのである。

麻佐子は腕時計を見た。まだ午前中だから湯河原往復は可能だった。

だが、それには或る資料が必要だと気づいた。彼女はハンドバッグの中をあけた。あいにくと今日はそれを持って来ていなかった。

麻佐子は困った。それがなくては目的が遂げられないかもしれない。考えたが、いい知恵はなかった。

いずれにしても、湯河原に行くとなれば、もう一つ確かめたいことがある。麻佐子は、この店の電話を借りることにした。電話器はレジの横に置いてあった。

ダイヤルを回した先は隆子の店だった。今度は杉村を呼ばないで、店の古い女店員を電話口に出させた。

麻佐子は、そこで或ることを訊いた。それに対して古い女店員は調べる時間を二、三分ほど取って、麻佐子に返事を伝えた。

こうなると、いよいよ麻佐子は「資料」が欲しくなってくる。それは今から行く湯河原の宿にぜひ必要であった。

家に帰れば、それは何枚でもあった。銀座の店にもある。だが、これから店に引返すのは躊躇されるし、隆子が来ていれば、そんなものを捜すと怪しまれる。

困ったままで、レジに行って金を払った。千円札を出したので、レジの女は釣銭を探していた。待っている間、麻佐子は、ふと、レジのうしろに鏡があるのに気がついた。かなり大きな鏡で、店の一部が賑かに映っている。その風景の中に麻佐子自身の姿があった。

「ありがとうございました」

女店員が、ぼんやりしている麻佐子に釣銭を渡した。

店を出た。もはや、資料の必要はなくなったのだ。

麻佐子は新橋に行き、そこからもう一度公衆電話で、母に今夜の帰りが少し遅くなることを伝えた。

二時間足らずののち、麻佐子は湯河原の駅に降りていた。

すでに午後三時近くになっている。バスを待つのももどかしく、タクシーを飛ばして野田屋の近くで降りた。

彼女は野田屋のすぐ横まで来て、そこから街の光景を眼に収めた。近所の旅館が一ぱい見える。つまり、これが麻佐子の考えている杉村の視覚にある射程距離だった。

麻佐子は、まず、野田屋の真向かいにある五、六軒の旅館は除外した。あんまり近すぎるのである。

その旅館通りのうしろは、川が流れ、橋があった。橋の上から眺めると、下沢江里子と横山北星交通社長の泊っていた碧水楼が、遠くのほうに屋根だけをのぞかせていた。

麻佐子は、橋を渡ってすぐ角の宿から「調査」をはじめることにした。

「ご免下さい」

玄関に入って云うと、横の帳場の奥から女中が出てきた。夕方近い玄関はまだ閑散としている。宿のどてらを着た客が二人、横のロビーのようなところでテレビを見ていた。

「いらっしゃいまし」

女中はお辞儀をした。

「あの……わたくし、泊るのではないんですが」

と、初めから断わった。

「は？」

女中は怪訝そうに眼をあげた。

「わたくしの叔母が、こちらの旅館に前に泊ったことがあると思いますが……」

麻佐子は、なるべく自分の顔を女中の眼によく判るように向けた。

「さあ……何んというお名前でしょうか？」

「名前は……或る事情で変えているかも分りません。でも、叔母はわたくしによく似ていますから。思い出していただけません？　この月の十九日に泊っているはずです」

麻佐子は、実際は隆子の写真を持ってきたかったのだ。だが、それは家に置いてある。銀座の喫茶店の鏡を見たとき、隆子の写真の代りは自分だと気づいた。

どこへ行っても、麻佐子の顔は叔母とよく似ていると云われている。現に北星交通のハイヤーに乗ったときも、初めての運転手がそう云ったくらいだ。信雄と一緒に九州へ行ったときも、隆子を知っている土地の人が麻佐子を見てやはり同じことを云っていた。

その信雄自身も麻佐子が隆子に似てくる、とよく云っていた。

「十九日の晩でございますか？」

女中は首をかしげた。もっともなことで、必ずしもこの女中が叔母の部屋の係だったとはいえない。

「あの、お一人さまだったたでしょうか？」

「そうです」

「ご婦人客でお一人さまだと、宿帳を見れば大体分ります」

女中は帳場に入った。

テレビを見ていた男の泊り客が振り返った。

17

その旅館では、結局、手がかりがなかった。

「どうも」

「おあいにくさまでした」

そんな声に送られて麻佐子はそこを出たが、なんだか嘲笑されているような気がする。それでなくとも、これは気の滅入る調査だった。

その旅館から、川沿いの路をやや上り気味に行くと、「清風荘」という看板が見えた。

大体、ほかの旅館は屋根の上に屋号のネオンをあげているが、この清風荘は二つの大きな旅館に挟まれて、やや引っこんだかたちの目立たない存在になっている。むろん、純日本風の家だった。

両隣との間は青い竹垣で区切りをつけている。これは見るからに京風を想わせる。玄関もほかの旅館のようにこけ威しのものではなく、むしろ、しもた家かと思われるぐらい地味な造りだ。

麻佐子は直感的にここだと思った。それだけに少したためらいを感じたが、勇気を起して玄関に入った。

正面に銀屏風が立てられ、生け花があるのもよその家とは一風変っている。これもしもた家めいた感じだ。

玄関の気配を聞いたのか、奥から銀ネズの着物に黒っぽい帯を締めた女中が俯向きかげんに出てきて、きちんと膝を揃えた。

「いらっしゃいまし」

三つ指をついていた。

「済みません」

麻佐子は思わず口から出た。

「少しお尋ねしたいことがあるんですけれど」

「はあ」

女中は二十二、三くらいだったが、色の白いまる顔で、その眼を大きくして麻佐子の顔をみつめた。

「わたくし、泊りにきたのではないんですが、こちらにわたくしの叔母がご厄介になりにきたことがあると思うんです。叔母が泊ったのは今月の十九日だったと思いますが、そのことについてお尋ねしたいのです」

麻佐子が云いよどみながら来意を告げると、女中は微かにうなずいた。

「何とおっしゃるお方でしょうか？」

「こちらに泊ったときの名前は違うかも分りませんが、芦名と申します」

「少々お待ち下さいまし」

女中は奥へ入った。だが、その様子に麻佐子は或る反応を感じ取った。

入れ替って四十二、三くらいの、肥った、おかみさんらしいのが玄関に現われた。

さっきの女中はうしろのほうに控えている。

「ただいま女中から承りましたが、わたくしは、この家の主人でございます」

おかみは落ちついた声で云った。

「恐れ入りますが、もう一度お聞かせ願いとうございます」

おかみだけに慎重とみえた。麻佐子は、同じ言葉をもう一度繰り返した。が、今度は女中に云うときよりも緊張感をおぼえた。

「七月十九日でございますね。その日には、たしかにご婦人客が一人お泊りいただいております」

「はあ」

「でも、お名前が……」

と云いかけて、おかみは微笑しかけ、

「まあ、どうぞお上がり下さいまし」

正面に坐っていた身体を、誘うように斜めに開いた。

麻佐子も、こうなってくると観念した。胸がどきどきしたのは、ここで隆子の宿泊した場所を突き止めたのと、これから知らなければならない或ることに怖れを感じたからだった。

麻佐子が通されたのは、奥へ向かった長い廊下を歩いて、さらに横に曲ったところの部屋だった。八畳くらいで、すぐ下に川が音を聞かしている。前は、その川を隔てて大きな旅館がその裏側を見せていた。屋根に上がったネオンと、夥しく干された客の浴衣――。

床の間は広く、軸物も古いものだった。近ごろの旅館のように、けばけばしい色だけの新しいものではない。客の予約をとっているのか、すでに香が焚かれ、匂いが麻佐子の鼻に漂ってきた。

「どちらからおいでになりまして？」

おかみは深いえくぼを見せて穏やかに訊いた。

「東京からですわ」

麻佐子は、このおかみが自分を部屋へまで上げた気持に大体察しがついた。心臓の鼓動はまだ鳴りやまない。

さっきの女中がきて静かに茶を置いて退った。

おかみは、それを見届けたように、

「先ほどお嬢さまを……お嬢さまでいらっしゃいますね？」

と、未婚だということをたしかめた。

「はい」

「お嬢さまを一目見ただけで、わたくし、分りましたわ。先日のお客さまにお顔がそっくりなんですもの」

「そうですか」

麻佐子は鏡を思い出した。

「玄関に出ましたとき、わたくし、うっかり、あの方がまたいらして下すったのかと思いましたわ。このごろ年を取って少し眼が悪くなったせいか、逆光のかげんもあって、つい、間違いましたの。……でも、最初に出た女中もそう云ってましたから、わたくしの眼のせいだけではないと思います」

　おかみは世馴れていた。若い娘が或る重大なことを訊き合わせにきたのを早くも察している。だが、その質問をしやすいように、ちゃんと道をつけてくれている。

「大へんぶしつけですけれど、わたくしのほうはこういう商売をしておりますので、そりゃいろいろ複雑な事情のお方をお泊めしています。ですから、お嬢さま、わたくしどもへお尋ねなさるのに少しもご遠慮なんかいりませんわ。それに、絶対にほかへ口外するようなことはいたしませんから。わたくしがお嬢さまをここにお上げしてじかにお話を承ることにしたのも、そのつもりなんでございます」

　おかみは麻佐子に気を遣った。麻佐子に安心感がきた。実際、このおかみさんの世馴れた、しかもふくよかな顔を見ていると、

「わたくしの叔母は、あるいは十九日にこちらへ泊ったかと思います。そのときの名前は違っているかも分りません」

　おかみは麻佐子の言葉に静かにうなずいた。眼もとはやはり穏やかな微笑でいる。

「最初に申し上げますけれど、わたくしはとても叔母が好きなんです。その叔母がどういう環境にいるかは申し上げたくないんです」

　麻佐子は叔母の身分を一切云わない決心だった。家庭を持っていることも、東京で洋裁店を経営していることも……。

おかみは、ごもっともでございます、というようにうなずいた。

「わたくしは叔母の私事に興味を持って、それを探りにきたのではございません。でも、叔母にはどうしてもわたくしに理解できない、或る暗い翳が漂っているようにわたくしには思えてならないんです。わたくしはとても心配しているのです。その疑問さえ分れば、わたくしは好きな叔母のために、どんなにしてでも尽してあげたいと思います」

おかみはうなずいた。麻佐子は、自分の味方ができたような信頼感をおぼえた。

「それで、お嬢さまは、叔母さまがわたくしのほうにお泊りいただいたのをどうしてご存じでいらっしゃったんですか？」

「これも或る事情から、ということでゆるしていただきたいんです」

「はい、わかりました」

「或る事情から、十九日の晩に叔母がこちらに泊ったのではないかという気がしました。もちろん、そのときはお宅だとははっきり分っていません。でも、湯河原のどこかの旅館だということだけは感じたんです」

「多分、お嬢さまの叔母さまに当られる方だと思いますが、たしかに七月十九日の晩、わたくしどものほうにお泊りいただきました」

おかみは初めてはっきりと云った。

「やはりそうでしたか。それで……それで……」

麻佐子は、叔母が一人だったのか、それとも二人だったのかを訊きたかった。だが、さすがにそこで舌が凍った。

「ええ、お見えになられたときはお一人でございました」

おかみは云ったが、微妙な返事だった。叔母はきたときは一人だったというのだ。きたときは？——

麻佐子が、その意味が分った上でおかみの顔をみつめていると、

「お発ちになられたときもお一人でございますけれど……実は、その晩にお客さまがございました」

おかみは、やや眼を伏せて答えた。

麻佐子は、ああ、やっぱりそうだったかと思った。忽ち眼の前に髭のある顔が浮かんだ。道玄坂上で麻佐子の眼の前を一瞬にして通りすぎた車の中の顔が——。

「その方は男の方でしたのね？」

「はい、左様でございます」

「時間は、十九日の午後九時すぎから十一時近くまでだったでしょ？」

麻佐子は咽喉に絡んだような声を出した。ただ、若さが質問を大胆にさせた。それは彼女自身が意識したことである。

「左様でございます」

おかみは少しおどろいていた。そこまでこの若い客がつかんできているとは想像してなかったようだ。

「そうしますと、叔母は、訪ねてきた人と一緒に約二時間ほどいたわけでございますね？」

「はい……」

次の質問は、さすがに麻佐子は口に出せなかった。ふいと彼女の前を黒いものが遮断した。隆子に対する幻像が激しくゆらいだ。

「そのとき……そのお部屋で二人が話していたとき……女中さんは始終そこに出入りしていましたか？」

おかみにも麻佐子の質問の意味は分りすぎている。麻佐子はじっとおかみの表情の反応を窺った。だが、おかみの顔はせせらぎの音を聞かせる川のほうへ向いた。横顔の眼は真向かいの旅館の一点に投げられている。

「わたくしのほうは、女中のサービスも十時限りとなっておりますので……お部屋の様子は全然存じあげません」

麻佐子に絶望が落ちた。おかみが何を云おうとしたか、その言葉で一切を察知できた。いや、言葉だけでなく、その横顔のかなしげな表情が何よりもそれを語っている。

麻佐子は眼の前が黒ずんできた。明るい陽射しが川のほうから座敷に流れこんでいるのに、その光が夕暮のように急に凋んでみえてきた。

「お嬢さま、どうなさいました？」

おかみが声をかけたので、麻佐子ははっとした。頭の中がぼんやりとしていた。

「ご気分が悪くなったんじゃありません？」

「いいえ、大丈夫です」

「いま、お飲みものを持ってこさせますわ」

おかみはそう云ったが、自分で起って、ばたばたと小走りに廊下を走り去った。

麻佐子は、そんなことがあり得るだろうかと思った。ほかの人ではなかった。隆子なのである。信じられなかった。

しかし、この信じられないことをどこかに予想してここに来たのではなかったか。

麻佐子は後悔に心を嚙んだ。もし、おかみがここに引き返してこなかったら、大声を出して泣くか叫ぶかしたかった。

誰もこない間に、ここから逃げ出したかった。

なぜ、ここに来たのだ。なぜ、そんなことを尋ねに東京からここに来たのだと、自分を鞭打った。

麻佐子がハンドバッグを手に持とうとしたとき、廊下の小走りの音が戻ってきた。おかみが自分で冷たいジュースを盆の上に載せてきている。

「ちょっとほかのものが間に合いませんので、こんなものですが、どうぞ」

と、麻佐子のすぐ前にきてグラスを口の前に近づけた。

「ありがとう」

麻佐子は冷たい液体を咽喉に流した。少しは気分がよくなった。おかみがハンカチを出して拭いてくれたので、額から汗が出ていたのが分った。

おかみはいたわるように麻佐子の顔を見まもっている。

「お嬢さま、どうかお気を強く持って下さい」

「ありがとうございます。かえって、わたくしをこういうところに上げてくだすって、二人だけで話していただいたことを感謝してますわ」

麻佐子はつづいて云った。

「おかみさん、もう少しお尋ねしていいかしら?」

おかみの眼にちらっと怯んだ表情が出た。

「これだけお尋ねしたいんです。叔母は……叔母は、その前にもこちらに泊ったことがございますか?」

「いいえ」

これははっきり否定した。

「そのときだけでございます」

「でも、どうしておかみさんは叔母のことをそんなによくご存じだったんですか?」

おかみはふっと肩を落したようにして云った。

「とてもきれいな方でしたから。その方が玄関にお入りになったときも、女中たちは、少し大げさに云うと、はっと息をのむような思いだったといいます。わたくしもご挨拶に座敷に出ましたが、丁度こんなふうに河原の見えるところで、手摺に凭《よ》りかかって立っていらっしゃいました。その姿のきれいだったこと。ほかにも多勢お客さまが近くにいらっしゃいましたが、みんなあとでわたくしに、どういう人だと訊かれたくらいでございます」

「そのとき叔母は、たしかスーツケースを持っていたはずですが？」

「はい、スーツケースだけでなく、京都のお土産を持っていらっしゃいました。お発ちになるとき、それをわたくしどもに残しておいでになりましたけれど……千枚漬の樽でございました」

やっぱり京都からの帰りだと思った。

「それから、最後に訊きますけれど、二十日に、やはり叔母のことを尋ねて男の人がきませんでした？　三十五、六の人ですが」

杉村が野田屋に泊ったのは二十日である。もしかすると、彼がここに来たかもしれないのだ。

「いいえ、わたくしは知りませんが……ほかの女中に訊いてみましょうか？」

おかみは早速さっき来た女中を呼び、廊下で小さくささやいていた。その女中は頭を振った。そしてすぐに立去ったが、その様子ではほかの朋輩に訊き合わせているのがわかった。

その女中が引き返してきた。

「そういう男の方は、誰も知らないと云っています」

「そう」

おかみは麻佐子の顔を見た。

杉村は、この旅館に姿を現わしていない。必ず隆子のことで二十日の晩ここに来ていると思った麻佐子の目算ははずれた。

では、杉村がたびたび湯河原にやってくる目的は何だったのであろうか。散歩した時間の内容には何が含まれていたのだろうか。

「どうも、ありがとうございました」

麻佐子はおかみに礼を述べた。

「そうですか。あんまりお役に立ちませんで」

「いいえ、ほんとにご親切にうち明けて下すって感謝してます」

「このことは誰にも云いませんから、お嬢さまもご安心なすって下さい」

18

旅館を出た麻佐子は、やりきれない憂鬱で胸が詰っていた。バスに乗って駅に向い、まっすぐに帰京する気はしなかった。この気持をどこかで少しでもうすめて東京に帰りたかった。

道を歩いていると、箱根行のバスが向うから速度をゆるめてきた。麻佐子の横が偶然バスの停留所になっている。なんとなくそこで躊っていると、バスの車掌がドアをあけて、

「お乗りになるんですか？」

麻佐子の決心はそこで決った。

バスは奥湯河原のほうへ向けて走った。川はようやく旅館街を振り棄てて田圃と山の風景となる。この辺は両側から丘が迫って、小さな谿谷になっていた。それもやがて奥湯河原の旅館街をすぎると、急な上り坂になる。バスはうねうねと屈折の多い路を匍い上った。

窓に湯河原が映ってくるたびに下のほうに沈んだ。乗客はほとんど一ぱいだったが、箱根に遊びにゆく旅行者が半分を占めていた。

やがて大観山の峠にさしかかった。土地の人が、この前ここでテレビのロケーションがあったと話している。実際、そこで、五、六人の若い人が明るい会話を交え

ながら降りた。麻佐子もつづいた。

あまりいい天気でなく、海のほうは鉛色の靄がかかっていた。陽は照ったり翳ったりしている。そのたびに山間の湯河原の町が砂粒のように屋根を光らせた。

麻佐子はほかの人と離れて、その突端に立った。ここまでくると、さすがに空気も冷えている。

――叔母には謎の一面があった。

隆子と下沢江里子とのつき合い関係、江里子と北星交通の横山社長との関係、さらに、その横山と隆子との線……それは明確な実体を現わしていない。半分は、この遠い景色のように鉛色の靄の中にある。しかし、それでも海の見当がつくように、隆子を中心にした三人の関係がおぼろに察しられた。

――叔母が暗い霧の中に佇んでいる。

考えられないことだった。しかし、いま宿で聞いてきた現実を麻佐子は肯定しなければならない。なんということだろう。あの一ばん愛していた叔母が忌わしい暗い世界に身を置いている。

――これを判じようと　わたしは坐っていたが

しかし　一言も呼びかけず　鳥の火のような眼は
いま　わたしの胸の奥に燃えついた
あれやこれやと思い惑いつつ
わたしは坐っていた……

麻佐子が好きで暗誦しているE・A・ポオの有名な「大鴉」の一節だった。前後の順序も考えずにぽかりと、この詩章が浮かんでくる。

まことに思い惑いつつ、これを判じようと麻佐子は佇んでいる。隆子は何を考え、何をしようとしているのか。麻佐子の胸の奥には眼が燃えていた。隆子……この叔母を愛するのあまり、麻佐子はこれからも判じつづけようと決心した。

いつの間にかあたりに人が居なくなった。バスはとっくに山陰に消えている。遠い沖は依然として鉛色のけだるい靄に閉ざされていた。

風が出て急な斜面の草がそよいでいる。名も知らない細い植物が一群ふるえていた。春か秋かに花をもつ草に違いなかった。麻佐子は、近ごろ植物の書物などを見ているという叔父の信雄を、このとき思い出した。

湯河原から帰った翌日、麻佐子は江里子の家に電話をした。先日車で隆子と一緒に行ったとき、江里子のほうから、閑なときは遊びにきてくれと云ったのをきっかけにするつもりだった。

「今日はいつでもいいわよ」

江里子が電話口で云った。

「ここのところ撮影もひと休みだし、ひまなの。でも昼間のうちに来てちょうだい」

「じゃ、今から伺います」

「ちょっと」

江里子は云って、訊き返した。

「何か特別な用なの？」

「ううん、そうじゃないの。なんだか近ごろくしゃくしゃしてるので、お会いしたら気持が晴れるかもしれないと思ったんです」

「そう。麻佐子ちゃんにしては珍らしいことがあるものね」

「今日は叔母はお邪魔しないんですか？」

「そんな予定はなかったわよ。こちらに見えるようなこと云ってた？」

「いいえ、そうじゃないけれど」

このとき麻佐子は、電話のレシーバーに別な声を聞き取った。お手伝いさんらしく、何かものを云っている。それに江里子が、

「お通しして」

と答えていた。麻佐子の電話を切らないままの問答だ。客でも来たらしい。

「お邪魔じゃありませんか？」

その気配を知って麻佐子は訊いた。

「かまわないわよ」

江里子は気軽に答えた。客が来たとしても、気のおけない人らしかった。

電話を切ってからすぐに外出の支度をし、表へ出て通りがかりの空車を拾った。

江里子の家の玄関に下駄が一足脱いである。客のものだとはすぐに分った。さっき受話器に聞こえていた人だろう。

江里子が玄関に出た。

「おひとり？」

「ええ。さっきお電話したように、なんだか急に下沢さんと話をしたくなっちゃって。でも、お客さまじゃない？」

「いいの。どうぞ」

と中に入れたが、麻佐子もこの家は初めてだった。洋風の応接間で、かなり広い。女優の家らしく飾りつけも華やかだった。

「ちょっと待ってね。向うの方と少し話してくるから」

向うの方というのは先客であろう。

「わたしはどうせ遊びに来たんですから、どうぞ、ごゆっくり」

麻佐子はにこにこして云った。

「あと二十分ぐらいしたら、またここにくるから。そこにあるものをなんでも勝手に読んでてちょうだい」

書棚が飾棚を兼ねて壁際に置かれてあったが、画集のようなものも揃えられていた。

「いいお住まいですわね」

「なんだか、だんだんここも飽きてきたのよ。じゃ……」

と、江里子はちょっとうなずいたようにして出て行った。

そのあと、お手伝いさんが紅茶とフルーツを持って来てくれた。

「どうもありがとう。お客さまはだいぶん早くからいらしてるんですか？」

と、それとなく訊いた。お手伝いさんは十六、七くらいの少女で、人ずれがしてないふうだった。

「いいえ」

と短かく否定する。

「お若い方かしら？」

こんなことを訊いては悪いと思いながら、つい、訊かずにはいられなかった。

「いいえ、お年寄の方でございます」

「やっぱり、映画かテレビ関係の方？」

「さあ、どうでしょうか」

お手伝いさんは本当に知らないふうだった。

「なんでも、今朝東京にお着きになったとかで」

「東京？」

では、地方の人である。江里子はつき合いが広いから、どこから人がこようと不思議はない。これ以上訊くのもはしたないと思い、麻佐子は口を閉じた。お手伝いさんも軽く頭を下げて退って行った。

麻佐子は、なるべく江里子には自分の来訪の目的を気づかれないようにしようと思っている。ここは初めて来ただけに探りに来たことが気づかれやすい。あくまでも勝手に遊びに来たという振舞いをしたかった。

奥にひっこんだ江里子は、なかなか出てこない。客との話が長引くらしかった。

麻佐子は、その辺に置いてある画集を取り出して漫然とひろげていた。だが、心はそこにない。この応接間から、タクシー会社の社長の匂いを嗅ぎ取ろうとしている。

しかし、眼に見ただけで、そんなものがあるはずはなかった。あるのは、江里子の趣味の、全国各地の郷土人形と、各国の民芸品が適当に飾られてあるだけだった。

二十分もすると、江里子が顔をのぞかせた。

「待たして済まないわ。もう少し待ってね。お客さま、すぐお帰りになるから」

「どうぞ、ごゆっくり。わたしはどうせ遊びに来たんだから、気にかけて下さることはないわ」

麻佐子は微笑して答えた。

「じゃ、もう少しね」

江里子は顔をひっこめた。

さっきのお手伝いさんが代りのお茶を運んできた。

「お客さまは、もうお帰りになる様子？」

「はい、そのようでございます」

玄関で見た下駄の白さが眼に浮かぶ。近ごろ、よその家を訪問するのに男の和服は珍らしい。

それから、また、しばらくして、麻佐子が所在なさにこの家の中を眺めるつもりで廊下に出たとき、急に向うから江里子と客の姿が現われた。

悪いときに出遇ったものだと思ったが、もうひっこみがつかなかった。仕方なくそこに立っていると、和服の客は相当な年寄である。背も前こごみで、身体全体が鶴のように痩せている。頭は真白だった。手に身の周りのものを入れているらしい小さな袋を提げていた。

「お邪魔してます」

と、麻佐子は無断で廊下に見物に出ているのを江里子に詫びた。ついでに礼儀として客に黙礼をした。

その老人は会釈を返したが、途端にそこに立停り、麻佐子の顔をじっと見た。

老人は、色白で顴骨が出て頰が凋み、顎が尖っている。だが、眼は大きく、どういうわけか、その端が赤かった。脂肪が落ちているせいか鼻が高い。その大きな瞳が、何かびっくりしたように麻佐子を見ているのだ。

しかし、それも僅かの間で、年寄は忽ち顔を元に戻して玄関のほうへ歩いた。江里子が寄添うようにしてうしろから従っている。

老人は、渋い柄の着物に角帯だった。白足袋をはいている。

「どうも、お邪魔さん」

玄関で、その老人の嗄れた声が聞こえていた。

「なんにもお構いできませんで」

江里子が云っている。

「おおきに……」

それから二人の会話が少し低くなった。言葉は聞こえない。何かささやき合っているような感じだったが、それもすぐに離れた様子で、

「どうぞ、お気をつけあそばして」

江里子の声が元の大きさに戻った。

「あんさんも気イつけておくんなはれ」

しわがれた声には、京都弁のアクセントが強かった。

19

麻佐子がその老人の声を耳にしたとき、自分でも思ってもみなかった行動に出た。京訛り――これが興味を刺激した。

京訛りは特に珍しくない。あとで考えて、このとき急に玄関をのぞいてみる気になったのも、虫が知らせたのかもしれない。

麻佐子は江里子のうしろから顔を出した。この家の者ではないし、いわば自分も客で、無作法なことだが、これも若さの特権である。無邪気を装った振舞に出た。

「おおきに」

と、鶴のように痩せた老人が渋い着物を江里子にかがめたところだったが、廊下からつづいて玄関まで見送った麻佐子に、もう一度、大きな眼をじっと注いだ。

その瞳の表情は――廊下で会ったときもそうだったが、もう一度、或る意味を表わしていた。

或る意味――麻佐子がこれまで他の人たちによって経験したのと全く同一のものだった。

(老人は、叔母に会ったことがある。だから、わたしを見つめた)

麻佐子は、江里子がその痩せた老人を表の車まで送っている間に、もとの部屋のソファに坐って思った。

老人は、いつ、隆子と会ったのか——。この疑問を長くつづける必要はない。最近のことだろう。隆子が京都に行ったときだ。

十八日と十九日。この両日のうちどちらかである。二十日の夜は隆子は東京に帰っていたから、この二日のうちである。

隆子の京都行は、この老人と会うためだった。そして、江里子もこの老人を知っている。——ここにも、江里子が隆子との間に介在していた。

麻佐子が壁の絵を凝視して考えているとき、江里子が玄関に戻った音がした。麻佐子は急いで雑誌を手にとった。

「お待ちどおさま」

江里子が入ってきて、向い側に坐った。

「悪かったわ、長いこと待たせて……」

「いいえ、わたくしはどうせ気ままに、ちょっとお寄りしただけだから」

「いま、お茶をいれるわ」

「いいのよ。……たった今、忙しい目に遇ったばかりでしょ？」

「急に、こっちに見えたお客さまだものだから……」

こっちに、というのは京都から東京に来たという意味らしい。急に、という江里子の云い方に、麻佐子はなんとなくわざとらしさを感じた。つまり、老人の来訪ははじめからの予定だったのではないか。

「品のいいおじいさまね？」

麻佐子は云った。

「そうね」

「言葉からして、京都の方らしいけど」

「そう」

どういう知合いかとはすぐに訊けないから、麻佐子は何気ないように、

「お年寄りの和服はいいものだわ。ことに関西の方は素敵ね。いくつぐらいにおなりになるかしら？」

「そうね、あれで七十を二つ、三つ越してるんじゃないかしら」

江里子は気にもとめてないように答えた。

「あんなに痩せてて、お元気なのね。東京はいつもひとりでいらっしゃるの？」

「さあ、どうだか。そう深くは知らないのよ。……実は、わたしのファンなの」

「おどろいた」

「京都の撮影に行ったとき、泊った旅館の近所とかで、宿の玄関までひょっこり訪ねてきたの。そして、わたしのファンだといってサイン帖をさし出すの」

「モダンなおじいさんね」

「帰るときに、お土産といって、千枚漬の樽を置いて行ったわ」

千枚漬の樽——湯河原の宿でも、その話を聞いた。隆子が旅館に置いて帰ったという清風荘のおかみの話である。

千枚漬はありふれた京都の土産品だから、それにこだわるのはおかしいかもしれない。しかし、江里子が老人から、それを貰ったと聞いて、隆子も同じ人からもらって、それを湯河原の宿の者にあげたのではないかと思う。

つまり、ますます、隆子が老人と京都で会っていたという気がしてきた。

「下沢さんのファンは、幅がひろいんですのね？」

「十七、八くらいの若い人から、そんなお年寄りまであるんですもの」

「おじいちゃんでも、ファンなら有難いことかもしれないわ」

江里子は苦笑した。

「上京のたびに、この家を訪ねていらっしゃるなんて熱心なものだわ」

「まさか、その都度じゃないけれど……」

江里子は少しあわてたように麻佐子の勘違いを訂正した。

「何か、ご商売でもしてらっしゃる方？」

「さあ……大きなお茶問屋をしてらしたとは聞いていたけど」

この、さあ、と云ったあとには、少し間があった。とりようによっては、江里子が返辞を考えたようでもある。

「お茶の問屋さん……へえ、いかにも京都の方らしいわ」

と、麻佐子は云ったが、隆子が京都に行ったときの表むきの理由は、デザインの参考に西陣の織元を訪ねるということだった。お茶問屋にはさしあたり縁のないことだった。

麻佐子は、江里子に叔母の京都行のことをよほど話そうかと思ったが、これは口をつぐんだ。

隆子が、麻佐子に京都へ一緒に行かないかと誘ったとき、丁度、この江里子が仮縫に来ていた。

あのとき、江里子が店を出るとき叔母の隆子に、

（あちらによろしくね）

と云ったのを思い出したのだ。

あちらとは誰のことだか、そのときは分らなかったが、いま、この老人のことだと気がついた。つまり、ここではっきりと江里子も隆子も共通して老人を知っていたことになる。だから、江里子があの老人を自分のファンだと云ったのは、どうも口実としか思えない。

いま、その老人の職業が出たのでその名前を訊いてもいいきっかけになった。

「京都の大きなお茶屋さんだというと、何という家ですか？」

あくまでも世間話の調子で訊いたのだが、江里子の顔が曇った。

「さあ、前にそういうご商売をしていたというだけで、何というお店だったか知らないわ」

屋号が分らなければ、せめてその名前でも知りたいところだ。しかし、そこまで突っこむとあまりに詮索が過ぎて、江里子に気づかれそうだった。今は訊きたいのをじっと我慢した。そのうち自然にそういう機会になるのを待った。

また、江里子は現在老人がどのような商売をしているのか説明しない。曾て茶の問屋だったというだけで、それも何んだか作りごとめいている。名前を訊いても正直にその通り云うかどうか分らなかった。

とにかく、江里子を中心にして隆子の秘密がありそうである。今の京都の老人といい、北星交通の社長横山道太といい、江里子が介在している。

ここにぶらりと遊びに来たようにしたのも、この江里子と北星交通社長との関係から隆子への投影を偵察しようと思ったのだが、いざ、こうして面と対って江里子に会ってみると、とても口で事情を聴く段ではない。正面からは質問できないことだし、といって家の中を見回しただけで異変が分るはずはない。ただ、ここで京都の不思議な老人を見たのは一つの収穫かもしれなかった。

「今日はゆっくりして行っていいんでしょ？」

江里子は云ったが、いまの彼女はそう自分を歓迎しているわけではない、と麻佐子は思った。

「もう、そろそろお暇するわ」

「あら、たった今きたくせに」

「でも、お忙しいんでしょ？」

「まあ、いいじゃないの。……あなたはのんきね、ぶらぶらしていて」

「何かやりたいと思うけれど、家でいろいろ文句をつけられるから」

「結構じゃないの。職業に就いても趣味を持つということが流行っていたけれど、やはり昔通りにお家でお稽古ごとをしていたほうがいい面があるわ」

「テレビのお仕事はどうなんです？」

「憂鬱になることが一ぱいよ。ときどき、もうよそうかと思ったりしてね」

「でも、下沢さんはいま売出し最中だし、誰からみてもいちばん仕合わせそうにみえるけど」

「派手な商売だけに内側のことは外の人にはわからないのね」

その言葉の中に横山も入っているような気がした。江里子と横山の関係は、いわゆるパトロンと女優なのだろうか。もし、そうだとしたら、全く関係のなさそうな隆子の影はどう解釈したらいいか。

このときお手伝いさんが電話の取次ぎにきた。

「あの、Nホテルからでございますが」

「そう」

聞くなり江里子はさっと起ったが、いくらか狼狽した様子がみえた。つまり、Nホテルから電話があったことを麻佐子に聞かれたのはまずかった、というふうにも取れそうだった。

「また××さんかしら」

そんな独りごとを云いながら向うに行く。××というのは高名なプロデューサーだった。

電話器のあるところは遠いので、麻佐子には江里子の声は分らなかった。静かな昼下がりに隣のテレビがひときわ高く聞こえている。

江里子はすぐに戻ってきたが、

「××さんじゃなかったわ。Oさんよ。今日夕方からマージャンを囲もうというの。仕事がないと、みんな、遊ぶことばかり考えてるわ」

Oというのは映画女優の名だった。

「じゃ、わたくしはこれで」

それを機会に麻佐子が起《た》ち上がると、

「そう……何だかばたばたしてていけなかったわね」

江里子は明るい笑顔で云った。

「いいえ、お忙しいところを突然飛びこんだりして」

「今度はゆっくり時間を取っておくわ」

「ええ」

「隆子さんによろしくね。……銀座に行くの？」

「いいえ、まっすぐ帰ります」

江里子は玄関まで送って出た。タクシーまで拾ってくれた。

「じゃ、また」

タクシーが走り出してから麻佐子は運転手に云った。

「Nホテルに行って下さい」

Nホテルと云ったのは、江里子にかかってきた電話がさっきの老人からだと直感したからである。多分、老人はホテルに戻るなり何かを思い出して江里子に電話したと思える。時刻からして、丁度、そのくらいの経過であった。

江里子がわざわざ映画関係の人の名前を云ったのも、その電話が老人からでないと麻佐子に思わせた誤魔化しだと思う。彼女は麻佐子に老人のことを妙に話したがらない。

隆子は京都であの老人と会っている。老人が最初に自分の顔を見たときのおどろきは、隆子に瓜二つの顔をそこに見たからである。それは麻佐子に確信があった。

しかも、老人は、その場では何も麻佐子に話しかけなかった。江里子も紹介をしない。老人が麻佐子と話してはならない何かの事情がそこに伏在しているらしい。それは隆子が関係しているからだ。

ホテルに行って、もし、あの老人がそこに居たとすれば、どうしよう。会って隆子のことを訊くのも変だし、話のしようがない。しかし、今はとにかく、あの老人がどういう名前で、素性は何なのかを知りたかった。

ホテルの前で降りて中に入ったが、すぐに広いロビーになっていて、そこには、ほうぼうのクッションに待合わせの客や、雑談する人々が坐っていた。外人客も多かったが、あの特徴のある老人の姿は見えなかった。

フロントに行って客室係というネームの出ているカウンターの前に立った。係の事務員が、丁寧だが客馴れのした態度で寄ってきた。

「ちょっとお尋ねするんですけれど」

麻佐子は、自分は銀座の洋裁店の者だと云って、

「こちらに七十くらいのお年寄で、和服を着ておられる方が泊っていらっしゃるはずですけれど」

「お名前は何んとおっしゃいますか？」

係員は当然のことを訊いた。

「その名前がちょっと分らないんです。それを教えていただきに来たのです」

「どういうご用件でしょう？」

係員は訝《あや》しむような眼をみせた。

「これはご本人に申し上げていただきたくないんですが、いま申しました通り、わたくしは銀座の店で働いています。今から四十分くらい前にその方がみえて、店の品を少しお買上げ願ったんですが、お持ち合せが少し足りなくて、すぐにホテルに戻って、あとで届けさせるということでした。そのときNホテルとおっしゃったんです。うっかり名前を伺うのを忘れましたが、Nホテルのお客さんだというので安心したのです。わたくしも責任がありますから、ほんとにそういう方がこちらに泊っていらっしゃるかどうか、お尋ねにあがったんです」

「お名前が分らないのは困りますな。丁度、今お客さまも一ぱいのところで」

「でも、七十すぎの老人で、和服なんです。とても痩せていらして……そうそう、京都の言葉をお使いになっていらっしゃいましたわ。白足袋をはいて、下駄ばきでしたわ。これだけはっきりした特徴があれば、お分りになるでしょう？」

もっともだと思ったか、事務員は別の同僚のところに行って、それを取次いでいた。すると、その同僚に心当りがあったとみえ、カウンターの前にきて麻佐子に云った。

「そういうお方は、たしかにお泊りになっていらっしゃいます。買物のお金が不足だったそうですが」

「いいえ、それはよろしいんです」

麻佐子は急いで云った。

「ただ、Nホテルということでしたから安心はしていましたけれど、わたくしも使われているので責任がありますから」

「それはそうでしょうな」

と、事務員は「女店員」に同情した。

「あの、ついでですけれど、そのお方のお名前は何とおっしゃるんでしょうか？」

「名前ですか」

彼は別段それを不自然とは思わず、親切に傍らから名簿をひろげていたが、

「岸井さまといいます」

「岸井さま」

おぼえておこうと思った。事務員はフェミニストらしいので、麻佐子はついでに

住所も訊いた。

「住所まで必要があるんですか？」

別段、それを咎める顔つきでもなかった。

「はい、参考までに」

「お宅の店はなかなか厳重なんですな」

彼は笑いながらメモに書いて渡してくれた。

「どうもありがとう」

その住所は京都市上京区西陣になっていた。岸井亥之吉とあった。これ以上職業までは訊けない。これだけ教えてもらっただけで満足した。

「どうも済みません。……あの、わたくしがこういうことを訊いたことは、ぜひ、岸井さまには内密にして下さい」

「もちろん、何も云いません。だが、わたしのほうがこういうご便宜を図ったのは、やはりうちのホテルの名前を使われたからですよ」

さすがに、信用第一を誇る大ホテルだと思った。

麻佐子は、それをハンドバッグの中に入れ、フロントから離れたが、さて、これからどうするかである。

フロントの事務員たちの手前、その辺をうろつくのも変なので、反対側のほうへ歩いて廊下の角を曲った。

その辺には泊り客のため、花屋や、絵葉書、パンフレットなどを売る小ぎれいな店があった。麻佐子は、その店の前に佇んで絵葉書を眺めながら、これからの行動を思案した。

20

京都の岸井亥之吉という老人は、どういう職業を持っているかは分らない。だが、たしかに、京都に行った隆子はこの老人と会っている。

いま、麻佐子がNホテルの一階の売場あたりをうろつきながら思案しているのは、どうしたら、この老人と自然に面会できるかということだ。このホテルに泊っていることも、名前も分ってしまった以上、正面から老人を訪問するのも一つの手だが、それは突飛すぎる。先方でもおどろくに違いない。また、その部屋には岸井老人がひとりで居るとは限らないのだ。そうなると、無理して部屋を訪問しても、こちらが実際に聞きたいことが聞けなくなる。

もう一つの方法は、老人のほうが部屋から出てきて、その辺に姿を現わすことだ。幸い一階にはダイニングルームもある。そこに食事にくるのを待ちうけるか、または外出の際を玄関あたりでつかまえるかである。

しかし、それはいつのことだか分らない。始終、ロビーのクッションに坐って、眼をエレベーターのほうに光らしていなければならない。

これも辛抱のいることだ。もし、あの老人が部屋に閉じ籠ったまま今日いっぱい出てこないとなると、待ち呆けになってしまう。

だが、麻佐子は、どうしてもあの老人と会いたかった。隆子が京都に行ったのは岸井という老人に会う目的だったし、老人は下沢江里子とも知っている。つまり、麻佐子の隆子に関する正体の知れない不安は、あの老人の話から解決の手がかりが得られそうである。

今にして思えば、隆子が京都に行く際、麻佐子を誘ったのは、一種のカモフラージュだったのではないか。麻佐子をホテルに残し、用事にかこつけて隆子がひとりで外出しても隆子の用は足りたはずだった。

もっとも、その帰りの湯河原の件は麻佐子がいっしょだと少しむずかしくなるが、これとても隆子が特別な用事を口実に、そこから麻佐子だけを東京に帰せば出来ないことではなかった。湯河原だと、東京には間もなくだし、麻佐子がひとりで帰京したとしてもそれほど心配も不自然さもない。

麻佐子は、花屋や、パンフレットなど売っている店の前から離れて、三十分ばかりロビーの椅子にかけていた。いろいろな人の出入りを無意味に眺めていたが、心は岸井老人の出現に奪われているので、落ちつかないだけである。エレベーターから吐かれて出る客は、縁もゆかりもない外国人や日本人ばかりだった。フロントでは観光団が着いたらしく、いろいろな髪の色をした外国人が群がっていた。

麻佐子は思い切ってフロントに歩き、さっきの人とは違う人に岸井老人の部屋番号を訊いた。先ほどの係は観光団のほうに忙殺されている。新しい係は麻佐子を訪問者とみて、何の疑問もなく岸井さんは九二一号室だと教えた。

エレベーターで九階に昇り、ドアの番号を読みながら廊下を歩いた。昼間でもうす暗いこの通路のほぼ中ほどに、目当ての番号があった。

麻佐子は少し動悸が搏ったが、思い切ってノックした。

案外、すぐに中からノッブを回す音がした。ドアが半開きになり、江里子の家で見た老人の白髪と大きい眼とが麻佐子の眼前に現れた。

その大きい眼は麻佐子に軽いおどろきをみせたが、彼女が予想したほどびっくりはせず、すぐに眼の縁の皺が人懐こいような深みをみせた。

「やあ、あんさんどすか」

老人のほうから声をかけた。

「先ほどは失礼しました。わたくしは倉田麻佐子と申します」

麻佐子はおじぎをした。

「まあ、お入り」

恰も、訪問を約束したような老人の招じ方で、麻佐子も、つい、そんな錯覚に陥り、二、三秒前までは思ってもみなかったほどの平気さで窓際の椅子に歩むことができた。

岸井老人は下沢江里子の家で見た通りの和服で、向かい側の椅子に坐った。

「急にお訪ねして済みません」

麻佐子は、もう一度おじぎをした。

「いや、わてはどうせ閑どすよってに、かましめへんがな。……なんぞ貰いまひょか。コーヒーがよろしおすか、紅茶がよろしおすか？」

髑髏《されこうべ》の輪郭そのままの顔がにこにこと笑って訊く。

「コーヒーを戴きますわ」

老人が注文を聞いて椅子から電話器のほうに起とうとしたので、

「あら、わたくしが伝えますわ」

麻佐子は壁際に歩いてサービス係に電話した。

「すンまへんな」

岸井老人は、若い女のそんなちょっとしたことが気に入ったらしく、機嫌のいい顔で、懐ろの中から取り出したのが印伝の煙草入れだった。それから短かい煙管を抜き出して刻《きざみ》を指で捻って詰めた。京の人だし、年寄のことで、そのしぐさに麻佐子も温かいものを感じた。

「東京はいつ来てもせわしゅうおすなア」

蒼い煙りを吐いて、老人は口から吸口を放して、

「京都も車が仰山ふえたが、まだ東京ほどやおまへん。よっぽどの用事がない限りは、こっちに来ても外を歩く気がしまへんな」

そんな世間話で、相方は麻佐子が用件を云うのに気が軽くなるようにしむけた。ほとんど初対面と変りはないのだが、年寄りらしい心遣いが麻佐子には分る。

「お約束もしないで突然お伺いして、ほんとに申しわけありません……」

それで、いざ、用事を切り出そうとしたが、やはり、また出たのが詫びだった。

どのように話していいか、話の順序がまだできていない。

「いやいや、わてはあんさんがわてに会いに来やはるやろと思うとりました」

「え？」

「ほら、下沢はんとこでお目にかかりましたやろ。そんときに、芦名隆子はんの血縁の方やということはすぐ分りました。下沢はんから紹介されんでも、あんさんの顔がわてにそれを教えてくれはりましたよってにな」

「………」

「それから、あんさんの眼を見て、ははあ、これはわてに何か訊きたいのやな、と思いました。けど、あの場では下沢はんがいるよってに、それがよう云えんでいやはる、そやから、きっとわての泊ってるホテルを探し出して、ここにきやはると思うとりました。あんさんは、それくらいかしこい人や、というのんは、わてに分っておりましたのんや」

老人が実際の直感でそう云っているのか、それとも若い女が話を切り出しにくくて当惑しているのを察し、気を利かして愛想交りに云ってくれているのか、そのへんの判断は麻佐子にもまだつかなかった。しかし、どちらにしても、老人の言葉で、今まで胸の中に縺れていた話の表現がほぐれる糸の一端となって見つかったのはたしかである。

「あんさんがわてに訊きたいのは、叔母さんの芦名はんのことと違いますか？」

くわえた煙管の唇の端に、微笑の皺が折りたたまれた。

「はあ、実はそうなんです」

これで、気が楽になった。

「そうでっしゃろ。……あんさんは、芦名はんがわてのところに何で来やはったかを知りとうおすのやろ？」

「はい」

老人は大きくうなずいた。顎の下から咽喉にかけて、皮膚が袋のようになってたるんでいる。麻佐子は、なんだか親戚のおじいちゃんにでも会ったような気がしてきた。

「あんさんは、芦名はんのことで大ぶ心配してはりますな？」

世故《せこ》長《た》けた老人はまるで易者のような明察を持っていた。

「話しまひょ。実は、わても芦名隆子はんのことは少し気になっておりますのんや。……ザックバランに云うと、芦名はんは下沢はんの紹介でわてに金を借りに来やはりました」

「お金を？」

麻佐子は、ああ、やはりそうだったのか、と思った。今までそんな予感がしていないでもなかったのである。

「こう云うと、わての職業が何ンやいうことがお分りになりますやろ。わては金貸どす」

金貸どす、という声が麻佐子の胸に重く響き渡ったとき、メイドがコーヒーを運んできた。老人の吐く煙草の煙りと二人の沈黙の間に茶碗が置かれ、メイドはドアを閉じて消え去った。

老人は親切に若い客のため砂糖を茶碗に入れてくれた。その指も手首も骨に皮を張ったようである。が、決してそれには醜さを感じさせなかった。意外に皮膚には艶があったし、色が白くて、やさしいのである。

——金貸から叔母が金を借りた。どういうのだろう？　今の商売にそんな金が必要なのか。この前の叔父の山林処分といい、叔母はしきりと金に追っかけられている。しかも、それには秘密の匂いがある……。麻佐子はコーヒーを舌に載せた。

「自分のことを云わんことにはあんさんに分らんやろと思います」

岸井老人もコーヒー茶碗を握って云い出した。

「わては骨董品のブローカー。古美術商をやっとりますが、別の看板は金融業どす。つまり、高利貸どす。けど、お貸しする相手にたとえしっかりした担保があっても、また世間的な信用があっても、それを条件に融通させてもらうということはおへん。まあ、こっちのほうは半分道楽どすよってに、自分の気儘で気に入った方やないとお貸ししまへんのや。そやさかい、たとえば、町の銀行や信用金庫あたりから見放された人でも、わての鑑識《めがね》にかないはった人は融通させてもらっとりますのんや」

「ああ、そうですか」

初めて老人の素性を聞いた。岸井老人はいつの間にか大きい眼をすぼめ、しょぼしょぼさせて話していた。

「そやよってに、わてが融通したお方は、かえって世間さまから妙な信用を受けはりましてな。岸井が金を貸したよってに見込みがあるというわけどす。わては、どんな偉い方の紹介でも、相手の方に会って自分が納得せんことには決して信用しまへん。そら、なかには肩書の立派な方の口利きや、えろう大きな店を持ってはる御主人の紹介状などお持ちどす。けど、わては、そんなものは一切自分の気持の中には関係おへんのどす。いわば、本人本位どすわ。そやよってに、岸井はあないに大きな商売してはる人に融通せんで、貧乏な、抵当も何もあらへんような人に何で金を貸すのんや云うて不思議がりますが、わてにはわての方針がおす。今のむずかしい言葉で云えば、評価の規準ちゅうことになりますやろ……」

「………」

「それが妙に当りますよって、不思議どすわ。まあ、今まで融通した先で、わての見込み違いで焦げつきになったのは、百軒のうち五、六軒ぐらいしかおへん。それも、こら、危いなと思うて、向うの云やはることよりずっと減らして融通しとります。……そら、いろんな方が見えますわ。名前を聞きはったらびっくりするような実業家や政治家、それから俳優さんや、露店のような商売の人も見えます」

老人はそこまで云って、冷めかけたコーヒーの残りを喫んだ。

「そうしますと」

麻佐子は訊いた。

「下沢江里子さんには、前に、そういうお金をお貸しになったんですか?」

他人のことだが、隆子に関係があるので、訊きづらいことでもたしかめておかなければならない。

「そうどす。江里子はんはちょっと面白いところがおすよってに、僅かな金やが、二、三回融通しました。あの人は映画のほうではええとこまで行きやはると思いましてな。初めに飛びこんで来やはったときは、今のように名前も売れてなく、ほんまの大部屋どした。わてがお金を貸したから云うのんと違いますけど、まあ、その辺から、あの人も芽を出しはって、何や、わての融通が呪《まじな》いみたいになってしもた恰好どす」

「そうしますと、叔母にお貸しになったのも、やはり叔母に見込みがあるとお思いになったからですか」

「そうどす。江里子はんから話があって、それで、ご本人にお会いしてからと云うたら、間もなくあんさんの叔母はんが来やはったんや。わては、この人は女ながら、将来、その事業で伸びる方や思いました」

「つまり、叔母は岸井さんの護符を頂戴したわけですね」

「いや、わては、それほど思い上がってはおへんけど、今までの経験からいうて少しばかり自信はおす。その自信から云わしてもらうと、叔母はんは、あと一年ぐらいは大丈夫やが、それから先はちょっと分らんなと思いました」

「えっ、それはどういう意味ですか？」

麻佐子は意外なことを聞いて問い返した。

「どういうことかと云われたら、ちょっと返答に困りますな」

事実、岸井老人は弱ったように煙管をいじった。

「今までお話したことでもお分りになる通り、わてはあんまり調査いうことをしめへん。いわば、まあ、カンに頼ってるわけどすが、あんさんの叔母はんも、そのカンでそう思いましたのんや」

麻佐子はちょっと失望した。老人は別に一年先の叔母が不安だというデータは何も握っていないのである。こうなると、老人は呪師か易者と異ならない。

それにしても、叔母の不安を推量したのは相当な鋭さである。なるほど、この老人が自分のカンを自負するだけのことはあると思った。

「そうしますと、一年先の叔母の運勢は分らないわけですか？」

麻佐子は思わず運勢という言葉を使った。

「まあ、そう云うてよろしいやろな。そやよってに、わては、あんさんの叔母はんが一年間の期限で融通してくれと云やはったとき、それを半年に値切らせてもらいましたのんや」

その不安を忽ち貸付期間に表現するところなど、この老人らしい気質がみえる。

麻佐子はあとがつづけられなくて思わず肩で大きく息を一つした。

それを岸井老人はじっと見ていたが、

「さあ、わてから話すことはこれだけどす。あんさんのお話というのを、お差支えのない限り聞かせていただきまひょかな」

と、なるべく麻佐子が深刻にならないような気軽い口調で云った。

「はあ……」

と云ったが、麻佐子も叔母への疑惑を洗いざらい述べ立てるわけにはいかなかった。さすがに、まだ、その決断がつかない。

するど、老人からまた云った。

「なるほど、お話にくうおすやろな。けど、あんさんが叔母はんのことを心配してはることは、わてにもよう分ります。わても、実はあんさんの叔母はんが気に入ってます。そやよってに、姪御さんのあんさんが心配してはることは、わてには他人事と思えんのどす。若いあんさんが見ず知らずのわてのところに訪ねて来やはったのんは、よくよくのことや。わてがあんさんのお力になれるかどや分りまへんのどすが、何でも云うてみなはれ」

「………」

「こら、わてのほうから云い出すのはえろう差出がましゅうおすが、あんさんは叔母はんの金の忙しいことに不審をお持ちになったのと違いますか？」

麻佐子は黙ってうなずいた。老人の顔が正面から見られなくなった。

「そうどっしゃろな。それと、江里子はんのことが叔母はんの不審に少しばかりひっかかっているのが気になっておすのやろ？」

それにも麻佐子は眼を伏せてうなずいた。

「わても、それはこのごろやっと気がつきました」

「えっ、岸井さんも？」

麻佐子が顔をあげると、老人の大きな眼がそこに見開かれていた。瞳は外国人のように鳶色になっている。日本人も年を取ると、黒い色が褪せるのであろうか。その灰色がかった瞳は凝固として麻佐子の顔に据わっている。

「人間、事業するとえろうお金が要ります。その仕事がふくらめばふくらむほど金がかかる。そんだけ運転資金ちゅうやつが不足になって、金繰りが忙しゅうおす。あんさんの叔母はんは東京で一流の洋裁店主にならはったそうで、ご商売も繁昌してはる。誰の眼から見ても、ちっとも不安な翳は見えまへん。それどころか、うなぎ昇りの勢いで、同業者もびっくりしてはるそうや。そのお方がわてのところにわけの分らぬ金を借りに来やはった。……いや、そのわけの分らん金やいうことは、わてが今度東京に来てやっと察しがつきましたのんや」

「それは下沢さんに関係したことでしょうか？」

麻佐子も思わず釣込まれて訊いた。いつの間にか、老人のほうが彼女の質問しやすいように話の雰囲気を作ってくれていたのである。

「そう思いますな。な、麻佐子さん、と云やはりましたな。わてもそれが不思議や不思議やと思うとりますよってに、場合によっては、その辺のところを調べて、叔母はん想いのあんさんに協力したかてかましまへんで……」

21

岸井老人が、隆子には腑に落ちないところが感じられる、自分はその真相究明に協力してもいいと云い出したので、麻佐子はそれに賛同した。

もちろん、岸井老人は、隆子に悪感情を抱いてそれをしようというのではない。むしろ好意を持っているので、隆子にまつわっている嫌な空気を取除いてあげたいというのである。これが普通の興味的な申し出だったら、麻佐子は即座に断わったであろう。

また、相手が老人でなく、もっと若い人だったら、これも好意を断わる。見たところ、岸井老人は金以外にはこの世に欲望を持っていない、その鶴のように痩せた風貌には超俗的な印象さえある。

さらに、岸井老人が自分で自慢するように、金貸しとしての彼は一種独特な主義を持っている。これはと見込みをつけた相手には、担保価値などは問題にせず、すぐ融通するのだ。つまり、老人の鑑識《めがね》に叶えば借りる側は目的を果たすわけで、その鑑識の根底となっているのは、老人の人を見抜く眼力であろう。岸井老人から金を借りた者は、それだけで世間的な信用がつくという定評があるくらいである。してみれば、それは老人の洞察力の鋭さということであり、また、それの裏づけとなる調査も正確だということになろう。

麻佐子も、丁度、自分ひとりでは手にあまっていたときだった。誰かと相談し、自分が動けないところは、それを頼みたいと思っていたときだ。それに、老人の洞察力は、普通の人間とは違っているのだ。

金貸しを専門とする老人には、相手を信用することに掛替えのない大事な金が懸っている。利害関係のない第三者の観察とは異《ちが》うのである。それには比較にならぬほどの訓練がなされてきていると思う。いわば老人の人間観察には、それだけの投資の危険が賭けられてきたのである。

「それは、ぜひ、お願いしますわ」

麻佐子は瞳を老人の顔に置いた。

「先ほどからお話を伺ってると、なんだか、岸井さんが自分の親戚のように考えられてきましたわ。ほんとうは、いま、わたくし、ひとりでくよくよしているんですの。人生経験の豊富なお年寄のお力を得たら、どんなに心強いか分りませんわ」

「いや、そないにたいそうなことやおへん」

老人は顔中の皺をうれしそうに波立たせて笑った。老人も孫のような麻佐子に云われて悪い気持はしなかったようである。

「まあ、どないなことになるか分らしまへんけど、でけるだけやらしてもらいまひょ。……そんで、あんさんもわてにお訊きやしたように、隆子はんの謎は、やっぱり下沢江里子はんとのつき合いやないかと考えてますのんや。それにつけても、あんさんのほうで何ぞお心当りがおすやろか」

岸井老人は早速要点から質問に入った。

「そうですね……」

麻佐子は答えようとしたが、やはりありのまま打ち明けるのには躊躇を感じた。ほかでもない。自分の最も愛する隆子のいまわしい秘密に自分からふれてゆかなければならないからである。しかし、云いたくないことを隠していては問題の解決にはならない。それでは少しも前進しない。麻佐子は老人を信用することにした。

「心当りというものは別にありませんが」

やはり云いにくいものを感じながら述べた。

「その江里子さんの……なんというか、パトロンみたいな立場にいる方が、なんとなく叔母に影を落としているように思うんです」

「パトロン。なるほど。そら、女優さんやさかい、そんな人がおいやしたかて不思議やおへんどす。そやけど、それがどないなふうに隆子はんに影響してるかと思といやすのや？」

「はっきりとしたことは分りません。これはわたくしだけの感じなんです」

麻佐子はまだそこまでしか云えなかった。一気に打ち明けるには、もっと勇気を要する。

「その江里子さんのパトロンちゅうのんを、あんさんはご存じどすか？」

「はい。江里子はんの私生活を暴くようで悪いんですが、これを説明しないと分りませんので申しますが」

「そやそや、何もかもぶち撒けんことには、こっちゃも見当がつきまへんよってにな」

「その方は、東京で北星交通というタクシー会社を経営してらっしゃる社長さんです。事業は、そう大きいわけではありませんが、ここ四年ばかり前に、その会社を起こされて、急速に今のように伸びてこられたんです。その方は横山道太さんとおっしゃいますが、江里子さんのパトロンではないかと思ったのは、その横山さんがたびたび、若林町の江里子さんの自宅に見えてらっしゃる形跡があるからです」

「なるほどなア」

「それだけではありません。江里子さんが、この前箱根でロケーションをなすったことがあるんです。そのとき、江里子さんはほかのスタッフと別れて湯河原の宿に泊まられたんですが、横山社長も同じ旅館に泊まってらしたんです」

「へえ。そら、あんさんはどなたから聞きはったんどす？」

「誰からも伺いません。わたくしが湯河原に行って、そこだけを調べてきたんです」

「若いお嬢さんやと思うたのに、あんさんはやっぱり近ごろの娘はんどすなア。考えだけやのうて、じきに自分で動きはる。近ごろの言葉でいうと、行動的いうのんやろな。……こら、おもろい。あんさんは、まだまだ、そのほかのことを知っといやすやろ？」

「そう沢山はないんです」

麻佐子は答えた。ここで思い切って述べたのが、湯河原の宿に江里子が横山社長と泊まった晩が、丁度隆子が京都からの帰りに当たり、彼女自身も同じ湯河原の別の旅館に泊まっていたこと、そして、その晩九時ごろから十一時すぎまで横山社長が隆子の旅館に訪ねて来ていたことなどだった。

それから、隆子の店が、今まで入っていたタクシー会社のほかに、急に北星交通のハイヤーを入れたこと、それについてさほど必然性はないことなどを述べた。

聞いている岸井老人は、だんだん熱心な顔色になった。殊に京都から帰りの隆子が湯河原に一泊したのが予定外であったこと、その晩横山社長が隆子の旅館に訪ねてきたこと、また横山が経営する会社のハイヤーが隆子の店に入るようになった段になると、自分でもその理由を考えるように眼をしょぼしょぼさせていた。

「まだ、そのほか心当りがおすのやろ？」

岸井老人は話を聞いた末に反問した。

云い残したことは、店の杉村のことだ。杉村の行動も分らないところが多い。だが、これは老人には伏せておきたかった。不思議なもので、こうなると、叔母のことなら話せるが、他人のことは疑いをかけるようで悪いような気がする。ただ、例の山林売買にタッチした不動産屋の死については云ったほうがいい。

「さっきもお話したように、叔母は九州にある叔父所有の山林を売却したのですが、その仲介に当たった海野さんという不動産屋は、交通事故で亡くなられたのです。つい、先日でしたわ。ところが、奇妙なことに、いえ、これは偶然の暗合かも分りませんが、海野さんを跳ねた車が、その横山社長の北星交通のものだったんです」

「えっ、そないなことがおましたんどすか？」

老人は、その灰色の瞳を麻佐子にじっと当てた。

「はい。なんだか変な気持でしたわ。別段、これには作為的なものはないと思いますが、あんまり叔母の周囲に関係しすぎているので、偶然と片づけられないような気もしているんです」

「なるほどな。そら、おかしな話どすな」

老人も同感した。

「ところで、麻佐子はん」

老人はちょっと思案したあとで、

「隆子はんは下沢江里子はんを通じて、その横山社長と知り合いにならはったんどっしゃろな？」

と、その辺をたしかめるように訊いた。

「はい、わたくしもそう思います。江里子さんは始終お店に来ていましたし、その関係で叔母とも特に親しかったので、何かの機会に江里子さんから横山さんを紹介されたのだと思います」

こう答えたが、本心は素直にその言葉通りになっていなかった。そう簡単に云ってしまうには、まだいくつか割切れない点が残っている。

「隆子はんが江里子はんよか前に、その横山社長と知り合いになっといやしたいうことはおへんやろか？」

「そんなことは全然考えられませんけど」

そうだ、それは絶対にない。やはり江里子の線から隆子は横山と知り合ったとしかとれない。

「はあ、そうどすか」

老人は思い出したように煙管を取って灰ふきに叩いた。ゆっくりと刻煙草を指先で捻り、指で詰めて火につける。その動作は無心の状態だった。つまり、老人はほかの考えに気を奪われているのである。

「そんでなア、えらい云いにくいことですけど」

岸井老人は眼をすぼめて麻佐子を見た。

「隆子はんの御主人、つまり、あんさんの叔父さんどすけど、御主人は隆子はんがそないな行動をとってはることをご存じやおへんのやろな？」

これは麻佐子にとっても辛い質問だった。しかし、こうなると、何もかも云わなければならない。

「叔父は、叔母のことには全然無干渉なんです。もともと、そういう事業欲や商売気がなく、一切を奥さんにまかせきりなんですの。お店がどんなに繁昌するかも無関心だし、したがって、経営面で苦しいことがあっても、叔母も叔父の耳に入れませんわ」

「そら、わても江里子はんや隆子はんから聞いとります。なんちゅうか、学者肌のお方やちゅうことどすな」

「学者かどうか分りませんが、とにかく本を読んだりすることは好きなんです。今も或る大学の講師に頼まれて、道楽半分に週二回ぐらい出かけていますわ」

「そういうご夫婦はほかにも例のあることやし、格別珍らしゅうはおへん。……そやけど、その辺から隆子はんの不仕合わせが起きたとすると、こら、困ったもんどすな」

麻佐子も同意見だった。しかし、叔父にそれとなく云うには、事態が少し深刻になりすぎている。また、あの信雄に云っても、どこまで本気に取合ってくれるか分らない。いや、それよりも隆子のために、絶対に叔父に知らせてはならなかった。破局を早めることになる。

「あんさんは叔父さんの様子をときどき見てはるのどすか？」

老人はまた訊いた。

「ええ、それとなしですけれど。でも、叔父は相変らず悠々として自分の殻の中に閉じ籠っていますわ。とても相談する勇気はありません」

「そうどっしゃろな」

煙を吐いた老人は、大きくうなずいた。

「よろしおす」

というのが岸井老人の最後の言葉だった。老人は、とにかく自分の考えで少し当たってみよう、と云った。もちろん、このことが麻佐子との相談で行われたなどとは塵ほどにもさとらせない、と請け合った。

「それでは、どうぞ、よろしくお願いします。……岸井さんは、このホテルにいつまでいらっしゃるんですか？」

「そうどすな、予定では明日引き揚げることになっとりますのんやが、もう一日滞在することにしますわ」

「あら、今度のことでわざわざですか？」

「そないに気イつかいはらんかてよろしおす。わてはどうせ遊んでるような身体や。そないに急《せ》いて京都に帰ることもおへんよってな」

「済みませんわ。それでは、明日の晩か明後日お発ちになる前にでもお電話しましょうか？」

「そうどすな。そんなら、明日の晩八時ごろに一ぺんご連絡ねがいまひょうか」

「はい、そういたします」

麻佐子は手帳を出してメモした。老人はそんな彼女の動作を見ていたが、にこにこして、

「そやかて、わてにそう期待しはっても、お望み通りにはゆきまへんえ」

と口を出した。

「いいえ、どうぞ、それはお気楽な気持でお願いします」

「ああ、気楽といえば、そやそや、麻佐子はん、一ぺん、こっちに居る間に、あん

さんの叔父さんにお目にかかれまへんどっしゃろかな？」

「え？」

「いや、わざわざやいうと、なんとのう目立ちますよってな。また叔父さんも妙にお取りやすやろし。それよか、ひょいとどこかでお遇いして、そんで、あんさんに紹介してもろうたというかたちが一番よろしおす」

「じゃ、それはいつがよろしいでしょうか？」

「そやな……こないしたらどうどすやろ。明日の昼、あんさんがわてに電話をくれはるかわりに、このホテルのロビーに叔父さんといっしょに来といやしたら？　ロビーの奥には食堂もあることやし、あんさんが叔父さんにねだったら、これはわけおへんやろ」

「そうですね。じゃ、そうしますわ」

「そんときの話は、まあ、わてがええ都合に運びますよってに、まかしてもらいまひょう。それにつけても、話の合うようなことにせなあかんわ。叔父さんのご趣味は何どす？」

「趣味って別にありませんわ。ゴルフにも行かないし、小唄も唸らないし、芸は何にも知らないんです」

「そら、弱ったな。叔父さんの専門のむずかしい学問やと、こっちゃがさっぱり分らへんし……」

「専門のほかには、近ごろ、どういうわけか草木などに興味を持っていますわ」

「ソウボク？」

「草や木です。まあ、植物学のようなものですわ」

「そらまた妙なもんに興味を持ちはりましたな」

「それというのが、今から五年前でしたか、叔父はわたくしを連れて『おくのほそ道』を旅行したことがあるんです」

「芭蕉どすな？」

「そうなんです。まあ、遊びですが、なんとなく、そんなコースになったんです」

「翁の旅された跡をたずねといやしたわけどすな。こら風流や。京都にも洛西《らくせい》に落柿舎《らくししゃ》ちゅうのがおすえ」

「ええ、去来が芭蕉に提供した別荘みたいなものでしょう」

「そやそや。静かなええとこで、あたりは竹藪も仰山おしてな。わてもときどき気晴らしに足を運ぶことがおす。あんさんは、芭蕉の嵯峨《さが》日記を読みはったことおすか？」

「ええ。それほど詳しくではないんですが、学校で教わったことがありますわ」

「わてはあれが好きどしてな。そんなら、芭蕉の話に持ってゆきまひょう。……そやけど、なんで『おくのほそ道』から、その草木学ちゅうもんに叔父さんは興味を持ちはったんどすか？」

「叔父は気まぐれですから、よくは分りませんけど、そもそもの初めは、そのときの旅行の最後が、紅花の産地尾花沢だったからじゃないでしょうか。もともと、紅花に興味を持って、そこに叔父を誘ったのはわたくしなんですけれど」

「紅花にね。なるほど、こら、お嬢さんらしい趣味どすな。その趣味が叔父さんに移りはったちゅうのは、どないな気持どっしゃろな」

「別に深いつながりはないと思います。叔父には、そういう方面の好奇心はかなりありますので、たまたま思いついたんじゃないでしょうか。尾花沢では、芭蕉の日記に出てくる鈴木清風さんのご子孫のお宅に寄り、紅花の苗などを見せていただきましたわ」

「そうどすか。近ごろは、紅も昔のように紅花から採るちゅうことはおへん。そんでも、京都には、たしか一軒だけ昔通りに紅花から紅を採る家がおす。古い古い化粧屋さんどすけど……」

「あら、そうですか。じゃ、こんど京都に行ったとき、一ぺん、その店見たいわ」

「いつでもご案内しまひょう」

話は思いがけぬ趣味のことに陥った。麻佐子は面白くなったが、今の場合、それに耽っているわけにはいかない。彼女が暇《いとま》を告げると、老人は廊下の外まで見送ってくれた。

麻佐子はホテルの外に出てから、思わず溜めていた息を吐いた。胸は、岸井老人と会った快い気分と、老人の活動への期待でふくらんでいた。

22

麻佐子は叔父の信雄と車でNホテルに向っていた。

昨日、岸井老人と別れてからの麻佐子は、真直ぐに叔父の家に行き、今日の食事を約束させたのだが、はじめぐずぐず云っていたのを彼女がねばったのである。要求したといってもいい。丁度、叔父も学校がなかった。家にばかり引っこんでいるより、少しは外の空気を吸ったほうがいい、というのが麻佐子の理由だった。

信雄は、麻佐子に甘えられるのを悪い気がしていない。久しぶりに一緒に外へ出ることだし、こうして車に乗っていても、昨日の渋り方と違って、存外愉しそうだった。眼を細めて外の風景を眺めている。知らない間に大きな建物や見知らぬビルが出来て、景色が一変したとおどろいていた。

岸井老人との約束は十二時半だった。ホテルの玄関に着いたのが十二時五分すぎである。

広いロビーを見渡したが、もとより老人の姿はない。

信雄には岸井老人を友だちの祖父というふうに紹介することになっていた。昨日の打ち合わせで、岸井は川崎という姓に化けることになっていた。川崎というのは実際に同級生にいたので、そこからまた信雄を誤魔化す手が考えられている。

というのは、昨日別れるとき岸井老人が、

(あんさんがわてを叔父さんに引き合わしてくれはるとき、どないな関係やとお云いやすのんや?)

と訊いたからだ。その点は大事である。

京都の人だということは言葉ですぐ分るし、今まで麻佐子がそんな年寄を知っていたということは一度も信雄に話していない。急なことである。それと、これも岸井老人が気遣って云ったことだが、自分と会ったことを信雄が妻の隆子に話すかもしれないという懸念だ。

（わての特徴は、この通りはっきりしといますさかいな。叔父さんが話しはったら、すぐに分りますえ。叔母さんかて一度わてを見てはるさかいに、ははん、と気づかれまっしゃろ。殊にあんさんが引き合わせはるのんやさかいにな）

そこで知恵を絞ったのが、旧友の祖父ということにして、信雄が隆子にこの出会いを話さないように頼むことだった。それにはまた理由を作っていた。

ロビーからダイニングルームはすぐだ。麻佐子は叔父と真ん中あたりのテーブルを取った。あいにくと窓際は外人客で占められている。ここに入ったとき、麻佐子は素早く視線を配ったが、老人の姿はどこにも見えなかった。和服だし、白い頭だから、すぐに分る。多分、あとからここに現われるに違いなかった。

「何にする？」

信雄が真向かいからメニューを見ながら訊いた。麻佐子も自分の好みを活字から捜した。大体、決った。

注文の皿がくる間、麻佐子は信雄に話しかけた。

「ときには、こういう場所も気分転換で悪くはないでしょ？」

信雄は煙草の煙を吐いて、そっと周囲を見た。

「そうだな。殊に麻佐子とくるのは何年かぶりだからな」

静かな人で、いつものことながら、微笑もおだやかである。麻佐子は、こういう信雄のゆったりとしたところが好きで、適度に白い髪も、趣味のいい洋服の着こなしも、外国人の間に坐らせても決して見劣りのしない垢抜けた姿も、心を落ちつかせた。

こういう叔父の妻の身辺にいやな疑惑が湧いているのを麻佐子は呪いたかった。

信雄はビールを一本だけとった。麻佐子のジュースのグラスと合わせ、うまそうに泡立つ一杯を飲み乾した。最初に運ばれたのがシュリンプ・カクテルで、これは麻佐子の好物である。

「近ごろ、どうしている？」

叔父は話をはじめた。

「なんだか忙しそうにしているようだな」

麻佐子はどきりとしたが、まさか事実を見抜かれたわけではあるまい。

「結構、忙しいのよ。これでまだ習いたいことが一ぱいあるの。その間にお友だちと会ったり、買物をしたり、案外、退屈してませんわ」

「そうだろうな。あんまりうちにも顔を見せないし、前からみると、そわそわしている」

その様子が叔父にも分るのか、と思った。麻佐子は、話の順序から隆子の多忙に触れかけたが、今はなるべくそれを避けたい。いそいでほかのことに話を移したが、いつ岸井老人がここに現われてくるか気がかりで落ちつかなかった。

小さなカップの中のエビを平らげたあと、スープが運ばれてきた。十二時三十分。麻佐子の視野を斜めに過ぎて、痩せた着物の老人が向う側のテーブルにひょこひょことやってきた。ボーイが年寄とみて丁寧に椅子の世話をしている。老人は、ぽつんとひとりで坐った。麻佐子には横顔を見せ、一度も振り向かなかった。

落ちつきを失ったのは麻佐子のほうで、すぐにでも老人を信雄に紹介しなければという気になった。だが、早速では工作が見破られそうな気がする。麻佐子はスープの味が分らなかった。

「あら」

と、小さな声をあげたのはよほど経ってからだと思われたが、五分も過ぎてはいない。

「あそこに川崎さんのおじいちゃまがいらっしゃるわ」

少々、ぎごちない驚愕の表現だった。

「あの方かね？」

信雄は無作法にならない程度に眼をそっちに移してくれた。

果して、信雄は、その老人がどういう人かと小さな声で麻佐子に訊いた。麻佐子は、級友の祖父で、学校時代、その友だちの家に遊びに行って、よくお目にかかっていたと説明した。

「そりゃご挨拶しないといけないね」

信雄のほうから云った。

「なんだか、ひとりでお寂しそうだな。ご先方の都合さえよかったら、こちらも丁度コースがはじまったばかりだし、お誘いしては？」

願ってもないことだった。

「叔父さまはよろしいの？」

「ああ、わたしはかまわないよ」

麻佐子は席を離れて岸井老人のそばに行った。今日は、と頭を下げる。老人もおどろいたように麻佐子を見上げ、しばらくですな、と挨拶を返した。その奇遇の表情も、老人は人を食っているほど巧みだった。

麻佐子が、もし、ご都合がよろしかったら、叔父がご一緒させていただきたいと申していると云うと、願ってもないことだと、岸井老人はすぐに腰を浮かした。

老人がこちらのテーブルに来たので、信雄も気配を察してナフキンをはずした。

「川崎のおじいちゃま、これが叔父でございます」

麻佐子は引き合わせた。信雄は腰をかがめて椅子から起った。

「麻佐子の叔父の芦名でございます。いつも姪がお世話になりまして」

ていねいに頭を下げた。

「いえいえ、こっちこそ麻佐子はんには孫が仲ようしてもろうとりまして」

岸井老人は如才がなかった。

「いま麻佐子がお誘い申し上げたのですが、ご迷惑ではございませんか？」

「いいえ、こっちこそ何や飛びこみみたいで、えろう悪うおすな」

「とんでもありません。さ、どうぞ」

信雄が椅子をすすめる。麻佐子がその椅子のうしろに回って岸井老人をかけさせた。ボーイがきて、老人のテーブルからナイフやフォークをこちらに移した。

「お言葉のご様子では、京都の方のようで」

信雄が微笑みながら訊いた。

「へえ、そうどす。今度、こっちゃへ用事がおしてな。このホテルには二日前から泊めてもろうてます」

「叔父さま、級友の川崎さんは京都の方ですが、大学の寮に入っていらしたんです」

麻佐子は辻褄を合わせた。

「あ、そう。……なかなかお元気のようで」

「へえ、年ばかり取って、もう、あきまへんわ」

そんなことから雑談がはじまった。この鶴のように痩せた老人には信雄も好感を持ったらしい。麻佐子はうれしかったが、いつ、話が芭蕉のことになるのか、老人は前に翁のことでも話してみると云っていた。そういうことから信雄を観察したがっていた。

「麻佐子はんは、ええお嬢はんどすな。こないにして、ときどき食事など一緒にしやはるのんどすか?」

「はあ、今日はこれにねだられましてな。わたくしもめったに外には出ないたちですが」

「あんさんにはよろしゅうおすえ。旅行などご一緒になさることもおすのか?」

「ええ。いつでしたか、叔父と九州に一度と、その前が『おくのほそ道』でした」

麻佐子はすかさず質問のきっかけを作った。

「そら、風流でよろしな。『おくのほそ道』いうと、金色堂に行かはったんどすか？」

「はあ。平泉から鳴子温泉を通りまして、山形県に入りました」

「ほう。そんなら、尿前の関址から山伐切峠を越えはったんで？」

「そうです。……川崎さんもおいでになったことがあるんですか？」

「へえ。もう、ずっと若いときどす」

老人のオーダーした皿が運ばれてきた。犢《こうし》のステーキだった。歯は丈夫なほうである。

「そうどすな、もう、三十年ぐらい前になりまっしゃろか。今は路もようなって変っとりまっしゃろな？」

老人は器用にナイフとフォークを動かし、そばのパンを千切った。いかにも愉しそうだった。

「すっかり道路がよくなりまして、山伐切峠などは車で越せます」

「そらまた夢のようどすな。わてがあそこを越したときは、それこそ山路で、ジャングルみたいどした。ほんまに翁が書きはったように、えらい難儀な峠どしたわ」

「そうですか。今はちっともその実感がないので分りませんが、そういうときにお通りになったのはよかったですね」

「へえ。そやけど、今は脚があかんようになりまして、車のほうがよろしおすな。……あそこを通りはったのなら、尾花沢のほうに行きゃはったのどっしゃろ？」

「はあ、お祭しの通りです。芭蕉の紀行に出てくる鈴木清風さんのご子孫のお宅に寄せていただき、紅花を拝見しました。もっとも、時期が悪くて花は見られませんでしたが、麻佐子が紅花をぜひ見たいというんで、つい、足を伸ばしたのです」

「はあ、そうどすか。わてが行ったときは、まだ、畑に紅花を栽培しとりましてな。そのころからもう化学の顔料に押されたというても、まだまだ残っておしたえ」

「おじいちゃまは、その花をご覧になったんですか？」

「へえ、見さしてもらいました。黄色い花どしてな。紅いことはちっともあらしまへん。少々、がっかりしたことをおぼえとります」

信雄と麻佐子とは、舌比目魚のバター焼きをつついていた。そばには生野菜の皿があって、真赤なトマトがついている。横のテーブルの外国人が大声を上げて笑った。

「わてはてっきり、そんな色やと思うてましてな」

老人はトマトを指さした。

「黄色いので、案に相違したのんどす。けど、京都に一軒だけ、昔どおりの紅花で作った顔料を売ってはるお店がおしてな」

「ほう、京都にそんなとこがありますか？」

「へえ。古いお店どすわ。四条寺町《しじょうてらまち》の近くどすけど。華月園といいましてな。ほんまに古いものを遺したいいうて、御主人が道楽でやってはります」

「つまり、伝統保存ですね」

「そうどす、そうどす」

「それは興味がありますね。一度、拝見に行きたいもんですな」

と、信雄は愛嬌からか、それとも本気なのか、そう云った。

「へえ、いつでもお越しやす。そこの御主人とわてとはよう知っとりますさかい、お引き合わせさせてもらいます」

「そのときは、ぜひお願いします」

「芦名はんは、そんなご趣味がおすのんどすか？」

「いや、趣味はありませんが、これで好奇心は高校生みたいでして……この子に笑われるのですが、もの珍らしいとなると、ちょっと手を出してみたくなるんです」

「川崎のおじいちゃま、叔父は近ごろ葉っぱみたいなものに凝ってますわ。草木学かな」

「いや、それほどでもないんですよ」

「何にしても結構どすな。わてもお話を伺ごうてると、三十年前を思い出します。あれから酒田《さかた》に出て、柏崎《かしわざき》、金沢を通り、京都に帰ったのんどすが、今でも愉しい思い出どす」

「じゃ、ずっと『おくのほそ道』をフルコースでお歩きになったんですね」

「そうどす。ところどころ汽車で降りては泊りましてな。たとえば、市振ちゅう寂れた漁師の宿にも一泊させてもらいました」

「まあ、素敵だわ。じゃ、親不知《おやしらず》子不知《こしらず》のところですわね」

「そやそや。翁が作りはった……一つ家に遊女も寝たり萩と月、あそこどすわ」

「羨しいですな」

信雄が微笑した。

「なあ、麻佐子、ぼくらもいつか、あっちのほうを回ってみようかな」

「ぜひお願い……でも、叔父さまはすぐ約束をすっぽかすから、アテにならないわ」

「いや、今から漠然とだがしておくよ」

漠然と約束をしておこうと云った信雄の眼が、どういうわけか、瞬間、真剣になったようにみえた。麻佐子は、おや、叔父は本気にそれを考えているのかな、と思った。

こうして一時間近い時間が過ぎた。

「いや、大へん愉しい食事をさせていただいて、ありがとうございました」

信雄は最後のコーヒーを飲む老人に頭を下げた。

「いいえ、わてこそとんだ飛び入りで、せっかくのお愉しみをえろうお邪魔さしてもらいましたな」

「こちらこそ思いがけない愉しい食事をさしていただきました。これをご縁に、また機会がありましたら、お目にかからせていただきたいと思います」

「へえへえ、そらわてからもお願いせなあかんことです」

信雄が眼でボーイを呼び、小さな声で会計を命じた。

「そらあきまへん」

と、岸井老人はあわてたように云った。

「ここはわてに勘定させてもらいまひょ」

「まあまあ、東京にいる人間が亭主役ですから……京都に伺った節はご馳走になることにいたします」

「さよか。そんなら、お言葉に甘えさしていただきます」

ボーイが老人の椅子を引いた。麻佐子は彼のそばに介添のようにして近づいた。信雄は伝票のこない間にレジのほうに歩いている。その背中を老人は見送って、麻佐子の手にそっとさわった。彼女の指先に紙のようなものがふれた。麻佐子はそれと察して手の中に包みこんだ。

「そんなら、芦名はん、これで失礼さしてもらいます。えろうご馳走さんどした」

「失礼いたしました。どうぞお気をつけて」

信雄は、老人がエレベーターのほうにひょこひょこと歩いて行くのを見て、麻佐子にそこまで見送るように命じた。

麻佐子が幸いとばかり老人に寄添ってゆくと、

「思ったよりあんじょう行きましたな」

と、老人が小声でささやく。

「ありがとうございました。で、叔父の性格は分りまして？」

「ええ方どすな」

老人はほめた。

「そうそう、さっき渡した紙ぎれ、叔父さんには見られないよう早う読んでおくんなはれ」

「そうします」

老人の笑顔はエレベーターの中に消えた。

信雄は遠い出口のドアで待っている。麻佐子はこっそり指をひろげて、その紙片を開いた。

〈叔母さんの店の経営状態は予想以上に悪し。原因不明。あとで電話乞う〉

23

麻佐子は信雄と車に乗ったが、頭の中が熱を持ったようにのぼせていた。

岸井老人のメモの字句が眼の前を回転している。

「川崎さんは、いかにも京都のお年寄という感じだな」

信雄は岸井老人と会った感想を云っていた。

「ご商売は何んとか云っていたな？」

麻佐子が黙っているので、

「ご商売は何んだったっけ？」

信雄は重ねて訊いた。

「ご商売？　あ、骨董屋さんだと聞きましたわ」

麻佐子は初めて叔父の言葉が耳に入ったように答えた。

「骨董屋さんか。なるほどな。ああいうお年寄りと一日のんびりと話をしたら、愉しいだろうな」

麻佐子の眼は、道端に見える公衆電話に走った。ボックスもあるし、赤電話も見える。早く老人に電話せねばと思ったが、なんだか今すぐでは、信雄に気づかれそうなので、途中で降りることもできなかった。

「麻佐子なんか、ああいうお年寄をどう思う？」

——岸井老人は麻佐子からかかってくる電話を部屋で待っているに違いない。予想以上に隆子の店の経営状態が悪いというのは、どういうことだろうか。岸井老人も「原因不明」と書いた。早く詳しいことを聞きたかった。

「な、どう思う？」

信雄の声が耳もとに響いた。

「あ、何ですの」

「いや、君なんか、ああいうお年寄と会うと、どういう感じがするか、と訊いているんだよ」

「そうね……のんびりしていいわ。京都の言葉だし、こちらの気持まで柔らかく解きほぐれそうだわ」

——さすがに岸井老人で、隆子の経営状態の悪いのをすでに具体的に調べあげているようだった。昨日頼んだのに、今日すでに分ったというのは、やはり老人が金融業をやっているからであろう。多分、自分につながりのある銀行筋や金融関係から調べさせたのであろう。してみると、あのメモにある経営不振は老人のいい加減な推定ではなく、相当な根拠があってのことだ。

信雄がまた何か云ったので、麻佐子はわれに返った。

「何かおっしゃって？」

「……おいおい、どうかしているぞ。二度も三度も訊き返すなんて、おかしいな」

信雄は云った。

「すみません。つい、ほかのことを考えていたんです」

「いや、さっき川崎さんと話して、『おくのほそ道』が出たな。ぼくは京都に一度行って、その紅花を原料にして昔ながらの顔料を造っている店を訪ねてみたくなったよ。麻佐子も、あれほど熱心に知りたがっていたのだから、いっしょにどうだ？」

「京都ですか」

信雄と同行では京都は鬼門である。行くなら、自分ひとりで行ってみたい。紅花のことも面白いが、京都に行けば、岸井老人に会うことになろう。それに信雄を京都にやると、隆子の暗い面が知られそうで心配だった。漠然とそんな不安を感じる。

「それから、北陸のほうにも行ってみたいな」

信雄の声が聞えた。

「え、どこ？」

「北陸路だよ。芭蕉の歩いたところをゆっくりと見たいわけだ」

「そう」

「この前は尾花沢までだったな。いわば、その続篇をわれわれで歩いてみようというわけさ」

「そうね」

「おいおい、いやに気のない返事をしているな」

「そんなことはないわ」

麻佐子は急に熱心に答えた。

「ぜひ、お供したいわ。それ、いつごろですの？」

「さあ、今のところは予定はつかないがな、この秋ごろにはどうだな？」

「結構ですわ。ぜひ、お供したいわ」

麻佐子は、われながらこの言葉に空疎なものを感じる。老人のメモに意識を奪われて、信雄の話に乗ってゆけない。調子を合わせようとすればするほど、作意的な努力となった。

そんな調子が信雄にも分ったか、

「麻佐子は、今日はおかしいよ」

と云った。車は渋谷の近くまで来ている。

「いいえ、そんなことはありませんわ」

叔父にこの気持を見破られたくないので、

「ただ、あのお年寄とお会いした余韻が残っているのかもしれませんわ。だって、わたしの友だちのおじいちゃまを叔父さまに引合せて、それで叔父さまに喜んでいただいたんですもの。お食事をしたときの愉しい雰囲気がまだ残っていますの」

「そうか。それでぼくの声が聞けども聞えずというわけだな」

たしかに信雄の声は聞えても、心はそこになかった。

車は赤信号にかかった。デパート横にならんだ電話ボックスが気になって仕方がない。麻佐子は決心をした。

「叔父さま、わたくし、ここで降ろしていただきますわ」

「おや、いっしょに家に行かないのかい？」

「ええ。急に用事を思い出したんです」

幸い車が混んでいるので、降りるとなればぐずぐずしていられない。短く運転手に云って車をデパートの横に着けさせると、麻佐子は外に飛び出した。

「叔父さま、ごちそうさま。さよなら」

デパートの外側に電話ボックスの列がならんでいる。そのどれもが人で塞がれていた。麻佐子はいらいらしながら待ったが、ようやくあいた一台に入れた。

Nホテルを呼び出して、岸井老人の部屋番号を頼んだ。

交換台が部屋につないで、信号が鳴っていた。それがかなり長い。麻佐子は、老人は留守なのかと思った。しかし、そんなはずはない。電話をかけるようにとは老人のメモだ。

「お留守のようでございます」

交換台の声が聞えた。

「外出かしら？」

麻佐子が云うと、少々、お待ち下さい、フロントに訊いてみます、と交換台はちょっと引っこんだ。しかし、それはすぐに出て、

「フロントに訊きましたら、やはり外出だそうでございます」

おかしい。

ホテルを出てからこの電話をかけるまで、せいぜい二十分くらいである。老人は麻佐子から電話がかかるのを期待していたはずである。もし、よんどころなく外出したとしても、何かことづけがなければならない。麻佐子はフロントに切り換えてもらった。

「岸井さまは、十分くらい前にお出かけでございます」

フロントの事務員は告げた。

「わたくしは倉田というものですが、わたくし宛にメッセージでも置いてありませんか？」

「少々、お待ち下さい」

事務員はキイ・ボックスを捜したらしかったが、すぐに云った。

「何もおことづけは置いてございません」

どうも変である。

「外出というと、どこだか分りませんか？」

「さあ、何も承っていませんが」

「キイはフロントに預けていらっしゃるんですね？」

「はい」

それなら、かなり時間をかけるつもりの外出である。

「どなたか岸井さんの外出前に、訪ねてみえた方がいらっしゃいましたか？」

「さあ」

ホテルのフロントは忙しい。延々と、こんな質問に応答させられるのに、いささか当惑の声だった。

「そういう方がいらしたかどうか気づきませんが……」

麻佐子は電話を切った。

しかし、ボックスから出る決心にはなっていない。もう少しホテルに訊きたいことが残っているような気がする。うしろでは、電話があくのを待っている若い女性が立っていた。気の毒だが、その人に番を譲り渡すと、またこちらが待たされそうなので受話器に指をかけたまま思案した。そうだ、人が訪ねてこなかったとすれば、誰かが岸井老人に電話したのかもしれない。これを訊いておく必要があった。もう一度ホテルの番号を回した。

「いま、岸井さんの部屋をお願いした者ですけれど……」

「はい」

「岸井さんが外出される前に、外部から電話がかかって来ませんでしたか？」

「少々、お待ち下さい」

その交換手は同僚にでも訊き合せているらしく、少し待たされた。

「お待たせしました。……そういうお電話はございました」

「えっ、ありましたの？」

「はい、芦名さまとおっしゃいましたが」

「芦名？」

隆子が電話したのだ。岸井老人がこのホテルに泊っていることは下沢江里子が知っているので、江里子から隆子は聞いたのであろう。

「それは女の声でしたでしょうか？」

「ちょっとお待ち下さい」

また二度目を訊き合せていたが、

「はい、ご婦人のお声だったそうでございます」

「そう……それで、電話の内容などは分らないでしょうね？」

電話の内容が分っていれば、交換台が盗聴したことになる。果して返事は、

「わたくしのほうはただおつなぎするだけで、通話の内容は全く存じません」

と、当然な答をした。

麻佐子は、老人のことが気になって仕方がない。家に帰ったが、まだ落ちつかなかった。時計を見てから、一時間後にもう一度ホテルに電話してみた。

「まだ、お帰りになっていません」

交換台では答えた。

不思議なことである。どこに行ったのであろうか。これが若い人だと、ぶらりと街に出て酒を呑んでいるということもあるが、あの老人では、それは考えられない。第一、見ただけでも、歩き方がふわふわしたような頼りないものだ。

芦名という名前で呼び出されたのだから、隆子には違いない。それだと、ホテルに戻ってくるのに時間がかかることは分るが、老人は麻佐子に電話するようにとメ

モしたくらいだから、遅くなると分ったら、老人からこちらに連絡がありそうなものである。岸井老人には自宅の電話番号も教えておいてある。

麻佐子は、よほど隆子に電話しようかと思った。それも自宅ではない。信雄が帰っている家に隆子が岸井老人を連れて行くはずはないからである。

四時ごろだった。

麻佐子の部屋に電話のベルが聞えた。気をつけていたから、彼女はすぐに廊下に出た。

同じ信号を聞いて母が向うから来ていたが、麻佐子が受話器を先に取ったので、引返した。

「倉田はんのお宅どすか？」

聞きおぼえのある岸井老人の声が受話器から響いた。

「はい。わたくし、麻佐子です」

彼女は心臓が鳴り、声がはずんだ。

「おう、麻佐子はんどすか。さっきは、えらい失礼しましたな」

「いいえ」

「わての部屋に電話をかけはったやろな？」

「はい、おかけしました」

麻佐子は、老人の云い方で、彼がホテルに帰っていないと知った。もし、ホテルに帰っていたら、交換台から麻佐子の電話のことは届けられているはずだから訊き直すはずはない。すると、この電話はホテルの外からなのか。

「いま、どちらにいらっしゃいます？」

「あるとこどすわ……。麻佐子はん、ちょっと、いま時間がないよってに詳しく云えまへんけど、だいぶん、あのことが分ってきたようどすわ。いま、もっと深いとこを調べてますよってにな」

「…………」

「それだけどす。いま居るところは、都合によって明かせまへんけどな。……そうやな、夕方の七時ごろまでにはホテルに帰ってるよってに、そのときまた電話をくれはらしめへんか」

「ええ……きっとお電話しますわ」

「そんなら、ひとまず、これで切りますわ」

こちらがあとを訊く前に電話が切れた。隆子といっしょに居るのかと質問する間もなかった。

老人は外に居る。どこだろうか。麻佐子は七時になるのを待ちかねた。

六時半になった。麻佐子は、老人が銀座の店にいるのではないかと思った。銀座の店だと、大体、六時ごろには終るので、いまかけても隆子が居るはずはなかった。杉村なら、あるいは残って居るかもしれないが、この際、岸井老人のことを云うのは控えておいたほうがいいのだ。麻佐子が岸井老人を知っているという事実は、隆子にも杉村にも匿しておきたかった。だから電話もできない。

やっと、七時をまわった。

ホテルに電話したが、意外にも依然として老人は戻っていないということだった。奇妙であった。では、帰りが遅れたのか。

九時近くになった。この時間までに老人が戻らないはずはない。

しかし、ホテルの返事は同じことであった。麻佐子は不安になった。

こんな時刻まで、隆子はあの老人を引止めているのだろうか。叔母の性格として考えられなかった。相手は老人だし、そう引っぱっておくはずはないのである。

麻佐子は思い切って隆子の自宅に電話をした。

いつものお手伝いさんが出たが、隆子がそれに替った。

「あら、麻佐子さん、なにか用事？」

隆子の声だった。

隆子は家に居た！

「ううん、別に用事はないけれど……ただ、叔母さまの声を思い出して聞きたくなったの。……そうそう、今日叔父さまにご馳走になったわ」

叔父と会食したことは云ってもいい。ただ、老人と会ったことだけは隆子に云わないようにと、叔父には口止めしてある。

「そうだったの。知らなかったわ」

隆子は初めて聞いたようだった。信雄もそのことをまだ妻には云ってないらしい。

「今日はお店から早くお帰りになったんですのね？」

「ええ、わりかた早く片づいたから」

「あんまりお忙しそうだから、ときには、なるべく早くお帰りになったほうがいいわ」

これは、隆子がいつ自宅に帰ったかという探りである。

「ええ、ありがとう」

隆子は、そんなことを知らないから普通に礼を云った。

「今日は何時にお帰りになったの？」

麻佐子も胸がどきどきしたが、これは訊いておかねばならなかった。

「そうね……八時半ごろだったかしら」

岸井老人を呼び出したのは隆子ではないように段々思われてきた。麻佐子は不安が昂じた。

しかし、まさか、叔母さまは岸井さんに電話したでしょう、とか、呼んだでしょう、とは訊けなかった。

「それからずっとお家ですか？」

「ええ、そうよ」

叔母の答には躊躇が聞かれなかった。

「別に用はないんだけれど、ただお声だけ聞きたかったのよ。じゃ、おやすみなさい」

麻佐子は、これ以上何か云うと不審に思われそうなので、電話を切ることにした。

「おやすみなさい」

隆子も云った。

「お母さまによろしくね」

24

その晩、倉田麻佐子はあまり睡れなかった。

岸井老人のことが気にかかって、夜中にたびたび眼を醒ました。胸騒ぎというのは、こういう気持をいうのであろう。睡っていても、心臓の鼓動が激しく搏つのが分った。

彼女は眼を醒ましたとき、よほどホテルに電話しようかと思った。ホテルは一晩じゅう夜勤の人が起きているので、老人の在否はすぐに分る。だが、寝静まったわが家では、声が母の耳に入るし、今まで真夜中に電話したことはなかった。

いつもと違って七時に眼が醒めた。だが、こんなに早い時間に電話をかけることさえも、台所にいる母にはばかられ、時計が八時になるのを待ちかねた。

やっと、その時間になって、ホテルのダイヤルを回した。受話器にかがみこむようにして小さな声で、岸井老人の在室をたしかめた。

「まだ、お戻りになっていません」

という交換台からの声である。

そんな予想はあったが、はっきり聞いてみると、不安が新しく起った。

老人が一晩じゅうホテルに戻らないという法はない。若い人ならともかく、京都からとったホテルを無断で明けるはずはなかった。

「昨夜は何の連絡もなかったのですか？」

交換手も調べてくれて、

「はい、連絡をいただいていません」

という返事であった。もちろん、フロントにあずけたキイもそのままらしい。

電話を切ったあと、部屋に戻りかけると、母が見咎めた。

「どこに電話したの？」

早速訊かれた。

「友だちがホテルに泊っているので、居るかどうか訊いてみたのよ」

「そう」

母は麻佐子の顔色を怪しむように見ていたが、それ以上は訊かなかった。

昨日の老人の電話の声が耳に蘇ってくる。

（いま居るところは都合によって明かせまへんけど、そやな、夕方の七時ごろまでにはホテルに帰るよってに、そのときまた電話をくれはらしめへんか）

電話をかけた場所が云えないというのだった。また、時間がないから詳しくは云えないともいっていた。事実、何か急いているような口調だったのだ。

岸井老人はどこか知らないが、とにかく或る場所に出かけて、隆子の問題を調査しようとしていたことは間違いない。あのメモに書かれたことを老人は、もっと具体的に、そして詳しくつかもうとしたのであろう。

それは、麻佐子からくる電話をホテルで待っている間に、その調査をするのに便利な事情が起ったとみていい。あるいは、あのメモを書いたときに予想しなかった事態が起ったのであろう。たとえば、だれかが老人を訪ねてきたのかもしれぬ。しかし、これは、麻佐子が前に調べてホテル側では分らないと云っている。

外部から電話がかかったとしても、二百室近い客室を持っているホテルでは、いちいち、それを記録しているわけでもない。また、外来者も岸井老人の部屋番号を知っていれば、フロントに断ることもないわけだ。

麻佐子は、老人がひとりで自発的に外出したというよりも、外からの力で連れ出されたという可能性を強く考えている。

もし、その場合、ある目的を持って老人を外に誘い出したとすれば、部屋番号を知っている人間が直接彼の部屋のドアをノックしたと思われる。つまり、その者は老人の部屋番号を知っていたことになるのだ。

岸井老人が東京でどんな知人関係を持っているのか、麻佐子には詳しく分らない。しかし、彼女の知る範囲では、まず、下沢江里子くらいだ。老人と江里子とは前からの知り合いだし、金銭の貸借関係もある。殊に老人のほうから江里子の家を訪ねて行っているくらいだから、それは考えられる。

江里子の口から、今度は別な人間にそれがしゃべられたとすると――それは麻佐子の知る限り二人である。

しかし、隆子は、昨夜は早くから家に帰ってずっと居た。電話で話しているから、それは間違いない。すると、あとの一人は？　……これはまだたしかめようがない。

もっとも、それは麻佐子の知っている限りの範囲だから、老人はもっと多くの親しい知己を東京に持っていたであろう。現に隆子の店の経理状態を瞬く間に調べたのも、老人の商売上の取引関係から調査させた結果と考えていい。そういう交際範囲は麻佐子に全く未知だった。

とにかくホテルに行ってみよう。

これは自分にも責任があると思った。もし、自分が頼んだ調査のことで老人の身に不測の変事が起ったとすれば、申しわけないことになる。少くとも、老人の現在の行方が分るまでは追及しなければならない責任があった。

麻佐子は、すぐに外出の支度にかかった。

「あら、お出かけ？」

母が部屋をのぞいて訊いた。

「ええ、Nホテルに友だちが来ているの。もしかすると、今夜は、その人と食事をして帰ることになるかしれないわ」

遅くなることを言外にほのめかした。

「どなた？」

「学校時代の川崎さんよ。ほら、もう先、お母さまに云わなかった？　京都から来てらした人よ」

「そう。そんなこと、聞いたことがあったかもしれないわね……でも、なるべく早く帰るんですよ」

麻佐子がNホテルに着いたのは十時だった。あとで、その時刻を妙におぼえている。

背の高い事務員に、訊いた。

「岸井さんはまだお帰りになりませんか？」

事務員はうしろのキイ・ボックスを振返り、そこにキイがあるのをみて、

「お出かけのようでございますね」

といった。簡単な答である。

「昨夜からお帰りになってないんですか？」

「さあ」

事務員は首をひねった。もっとも、昨夜宿直の事務員は、今朝の九時に交替ということだった。

ホテルの従業員にとっては、客が一晩ぐらい外泊したところで大した関心はない。いや、ホテルに泊っていて外部に宿をとる客も、決して少くはないのである。

「困ったわ」

思わず呟いた。

「何か急なご用ですか？」

麻佐子がよほど困った顔をしたのであろう。事務員は、そう訊いた。

「ええ……実は、ちょっと、その岸井さんの行先に気がかりなことがあるんですの」

「気がかりですって？」

事務員は、何か事情がありげだと思ったようだが、ホテル側としては客の個人的なところまでは立入らない。

「こちらに今朝連絡がなかったでしょうね？　九時から交替ということでしたが、それ以後のことでも分りませんか？」

麻佐子が気がかりと云ったので、事務員も少し熱心になって、交換台に訊いたり、同僚に訊いたりしていた。

「何にも連絡がないそうです」

「そうですか……部屋の中はそのままでしょうか？」

「え、部屋に異常がありそうですか？」

「いいえ、そういうわけではないけれど、もしかすると、変ったところがあるんじゃないかと思ったんです」

「少々、お待ち下さい」

ホテル側としては宿泊者の事故には敏感である。代って、少し年配の主任らしいのが麻佐子の前に出た。

「失礼ですが、岸井さまとはどういうご関係でしょうか？」

麻佐子の心配が相当真剣とみたのか、あるいは客のことが気になったのか、そんなことから質問した。

「わたしの友だちのお身内の方なんです」

「ははあ。で、その方にはお会いになったことがありますか？」

「昨日、ここでお目にかかりましたわ。そのときは外泊をなさる気配はなかったんです。突然なんですの」

「その行先にお心当りはないわけですね？」

「ありません。実は昨日も午後からお目にかかる予定になっていたんですが、そのころから、もう、部屋にいらっしゃいませんでしたわ」

「少々、お待ち下さい」

主任はそこから離れて、陰で若い事務員を呼んだ。小声で何か命じると、呼ばれた男はすぐに、そこから奥のほうへ姿を消した。

麻佐子は、多分、老人の部屋を調べに行ったのだろうと察した。合鍵で、その部屋に入り、点検するつもりらしい。それはむしろ麻佐子の希望するところだった。

不吉な予想だが――老人が夜帰って部屋の中に死んでいるような場面が、脳裏のどこかに泛んでいないでもない。フロントからキイを受取らずに、誰かが上手に閉まったドアをあけて入る。つまり、老人は別な人間によって部屋に連れこまれ、そこで死体となって横たわっているという空想である。もし、この空想が当っていれば、いくら電話をしても部屋主は出ないはずだ。すなわち、交換台からいえば、外出の状態になる。その意味で部屋の中を早く調べてもらいたかった。

待たされた間は十分と経っていなかった。

さっきの若い事務員が奥から姿を出して、主任に何か報告していた。その顔色を麻佐子は見て、部屋の中は無事だったとわかった。

「お部屋は、そのままだそうです」

主任らしい男が麻佐子に答えた。まさか死体の想像まではしてなかったであろうが、荷物がそのままになっているので、主任らしい人も安心している。

「もう少しお待ちになったらどうですか。外泊された方が翌日の夕方、このホテルにお戻りになることはよくあるのですよ」

普通の客ならそうであろう。しかし、岸井老人の場合はそれは考えられなかった。しかし、その理由が説明できない。

そこに三、四人、外人客が来て、主任もそっちの応接にとられた。

夕方まで待てという、ホテルの常識的な言葉に従うほかはなかった。ここに居ても仕方がない。戻ってこない相手を待つのだから、夕方までという長い時間、どこで送ったらよいか。江里子のところに行くのも一つの方法だったが、そう何度も行くのははばかられた。殊にこの場合、江里子が老人の行方を知っていると思っているので、直接に会いに行くのは拙いのである。これは江里子に気づかれないように探ったほうがいいのだ。

麻佐子はカウンターから離れて、出口のほうに歩いた。

すると、回転ドアを煽って、二人の中年の男が入ってきた。つづいて制服の巡査が、そのあとを追った。麻佐子は途端に或る直感が閃き、その三人のうしろで引返した。

その三人はフロントの前にすすんだ。さっきの主任らしいのが、その一人を見て頭をさげた。私服の刑事とは顔馴染らしかった。

麻佐子は、外人客の群にかくれて、この問答をそっと聞いた。

「こちらに、年寄りの泊り客がいますか？」

これは短い顎をした年長の私服であった。

「年寄りといいますと、いくつくらいの？」

「そうだな、七十を越しているということだったが……」

「あ。その方は和服ではありませんか？　京都の方で」

「京都かどうか知らないが、和服というのは当っている。ちょっと、宿泊人名簿を見せて下さい」

「はい」

麻佐子がどきどきしていると、フロントの主任はカードを拾い出して私服の刑事に見せた。刑事は、それを入念に手帖に写している。

「岸井亥之吉さんというんだな？」

刑事は顔をあげた。

「はい」

「京都の人のようだが、いつもこのホテルが常宿？」

「いいえ、今度が初めてだそうです。前の上京のときは別な旅館だったそうですが」

「それは、どこ？」

「聞いていないから、知りません」

「ふむ、で、部屋は、いま、そのままになっていますか？」

「はあ。さっき、見させましたが、変ったことはありません」

「さっき見させた？　それはどういう理由ですか？」

「はあ。いえ、ちょっと気がかりだったものですから。というのは、昨日の午後から出かけられたまま、まだ、お帰りがないのです。なにぶん、お若い方と違ってお年寄りですから……」

フロントでは麻佐子のことは、まだ伏せていた。

「昨日の午後の何時ごろに、ホテルを出たのですか？」

「それは、キイをお預りした者が、今日は非番で休んでいますから、ちょっと分りかねます。しかし、午後ということは間違いありません。……あの、そのお客さんが、どうかしたのですか？」

主任は、心配そうに訊いた。

「いや」

私服は、そこにほかの事務員たちや客がいるので、はっきりとは口にせず、

「その部屋を見せてくれませんか」

とだけ云った。

「どうぞ」

主任がカウンターから出た。

麻佐子は彼らに見つからないように離れたが、エレベーターのほうに行く四人を見送って、急激に不安が増してきた。

警察が岸井老人のことを訊きにきた。しかも、名前は知らなかったようだ。ただ、七十歳くらいの年齢と、和服ということしか分っていない。それも、あの口ぶりでは、自分たちが直接に知ったのではなく、よそから通報されて分ったという感じだった。

麻佐子は、身体じゅうの血がすっと退いてゆくような気がした。自分でも唇が震えてくるのが分る。

この場合、老人の運命と、警察によって知られる自分と岸井との関係が一ばん懸念された。何もかも明るみに出てくる。隆子のことも、その謎を解決しようとして動いている自分のことも。

どうしたというのだろうか。

本当は今の刑事に訊くのが一番いい。しかし、それには、まず、自分の身分をはっきりさせなければならない。すると、どうしても隆子のことを云わなければならなくなる。

だが、早晩、それは分ってくるのではないかと思い当った。というのは、老人が部屋から外出する前に、「芦名」という名前で老人の部屋に女の声で電話がかかってきている。

警察は、いずれ、それをホテル側から聞かされるに違いないから、芦名という女の声の持主を捜すだろう。

次には、老人の不在中にたびたび電話をしたり、フロントに訊きに行ったりした麻佐子が浮んでくる。

また、老人が東京で知り合っている江里子のことも分ってくるであろう。

こうしてみると、岸井老人と自分たち三人の関係は否応なしに警察に知られてくる。

叔父の信雄に岸井老人をクラスメートの祖父と偽って紹介したことも全部嘘だと暴露する。

怖ろしいのは、そんなことから隆子の秘密が信雄に分ることである。そして、もし、何かの事故が岸井老人の身の上に起っていたら、それが新聞ダネになるかもしれないのだ。麻佐子は眼の前が真暗になった。

どうしよう、どうしようと、麻佐子は、いま老人の部屋を調べているに違いない刑事たちの姿を想像しながら、動揺していた。

25

麻佐子は、ロビーの端で刑事一行が戻るのを待っていた。不安で膝頭が慄えそうだった。

なかなか戻ってこない。部屋を調べる程度では、そう手間がかからないはずだ。するど、支配人でも呼んで事情を聴取しているのだろうか。

麻佐子は、岸井老人に異変が起ったらしいことは察したが、どういう事態なのか分らなかった。不吉な想像が雲のように湧く。警察が調べに来ているくらいだから、普通のことではない。悪くすると、老人が殺されて、その死体が発見されたのかもしれないのだ。もし、そうだとすると、それが自分の責任のように思えてくる。岸井老人は、自分の頼みを引受けて危険な場所に入ったのではあるまいか。

してみると、叔母の隆子を取巻いている謎には、危険なものが一ぱい含まれていることになる。

麻佐子にとって一時間くらいはたっぷり経過したと思われたが、実際は三十分くらいだったのであろう、ようやく刑事たちがエレベーターから吐き出されてきた。

またカウンターのほうに歩いている。

さっきの事務員としきりに話をしている。麻佐子は柱の陰から眼を出して、それを窺っていた。こちらの姿は事務員には分らない。

今度は先方の声がここまでは聞こえなかった。刑事の一人は、しきりと手帳に事務員の云うのを書き取っている。事務員の顔は、事件の内容を初めて聞かされたのか、おどろいている。

麻佐子は、そこに出たものかどうか迷った。

芦名という名前は、刑事たちにはもう分っているに違いない。電話でも、その名前が老人の部屋に取次がれたというし、現に麻佐子もフロントに問合せに行っている。警察は「芦名」という女を捜すだろう。

麻佐子は、芦名という姓が東京にそう多くないことで、叔母の隆子に警察の嫌疑が向うことを惧れた。なんとかこれを防衛しなければならない。岸井老人の身も心配だったが、不測の事故から起る隆子への危険な影響が気にかかり出した。心が焦ってくる。

刑事たちは、やっとカウンターの話を聴き終って出口に歩いてきた。あと数歩で回転ドアを押して、三人は麻佐子の眼の前から消える。彼らがここから立去ったが最後、面倒で厄介な事情が惹き起されそうだった。そうなると、麻佐子が出たくとも出られなくなる。

隆子のことが心配だった。麻佐子は、衝動的に立っている場所から離れて、三人のうしろを追った。

「ちょっと、お伺いします」

刑事たちが振り向いた。中年の男が麻佐子の顔を見て訝しそうにしたが、何かに気がついたように、一歩、彼女のほうに寄ってきた。

「あなたがたは警察の方ではありませんか？」

「そうですが」

「もしかすると、岸井さんのことでいらしたんじゃないでしょうか？」

年配の刑事が大きくうなずいた。

「そうですが、あなたは？」

「倉田麻佐子といいます」

「倉田さん？」

三人の眼が、す早く交換された。

「あなたが倉田さんですか」

刑事のその一言で麻佐子は、ああ、やっぱり刑事たちは自分の姓をホテルで聞いていると思った。

「岸井さんは、どうかなすったんですか？」

返事の代りに年配の刑事がにこにこ笑った。

「あなたは、ここに泊っておられた岸井さんをご存じなんですね？」

「はい、知っています」

「ちょっと、ここでは……」

その刑事はあたりを見回したが、ロビーのつづきに食堂のあるのを見つけて、そこに誘った。そして、制服の警官には帰ってもいいと云った。人目に立つからであろう。

刑事二人と麻佐子とは、広い食堂の片隅に席を取った。年配の刑事は彼女の正面に坐り、若い刑事がその脇に離れて椅子を取った。麻佐子の坐っている位置から見ると、出口を塞がれているような恰好だった。

「そうですか。あなたが倉田さんですか」

冷たい飲みものをとって、刑事たちは世間話でもするような調子で訊いた。

「どこにお住まいですか？」

「ご家族は？」

「失礼ですが、何年生まれですか？」

「職業に就いていらっしゃいますか？」

そんなことをつづけて尋ねたうえ、

「岸井亥之吉さんとは、どういう関係のお知り合いですか？」

とはじめて本題を質問した。

「別に深いつき合いではありませんが」

下沢江里子の名前を出したものかどうか迷った。江里子の名前が出れば、当然、隆子に疑いの眼が行ってしまう。麻佐子は言葉を呑んだ。

「あることでお近づきになったんです」

「お嬢さん、そのあることというのは、どういういきさつですか？」

年配の刑事は穏やかに追及した。

「ちょっとした親切をしてさしあげたんです。それは、ほんの往きずりのことですわ。それで、自分はこのホテルに泊っているから、遊びにいらっしゃい、と云われたんです。あの方、京都の人ですから、わたくしも京都が好きなので、ぜひ岸井さんのお話を聞きたかったんですの」

麻佐子は、自分では苦しい言葉だったが、案外、すらすらと云えた。

「そうですか」

刑事たちは、それを信用したような顔をした。

「今日、岸井さんをホテルのカウンターに訪ねて来たのは、あなたでしたか？」

「はい、そうです」

麻佐子はたまりかねて、

「で、岸井さんはどうなすったというんでしょう？　警察の方が訊きにいらっしゃる以上、変ったことが起ったと思うんですが」

「岸井さんは亡くなったんですよ」

先輩の刑事は云った。

「えっ」

麻佐子は予期したことだが、どんと身体を突きとばされたような衝動をうけた。

「それは急病だったんでしょうか？　街でも歩いているうちに急に亡くなったんでしょうか？」

「そうじゃありません。はっきり云うと、他殺死体となって遠いところで発見されたんです」

「他殺死体？　岸井さんは殺されたんですか？」

麻佐子は顔から血が退いてゆくのを覚えた。

「そうです。それも東京ではありません」

「東京でない？」

「福島県下です」

「えっ。福島県というと、あの東北本線のですか？」

「そうですよ。実は、福島県の須賀川《すかがわ》警察署から一時間前に連絡がありましてね、あの近くの山林中で絞殺死体となっていたのを、近くの通行人が見つけて届出たというんです」

「まあ」

あとの言葉がつづかなかった。老人の顔が眼の前に大きく揺らぐ。眼の大きい、鼻の高い、痩せた顔が、巨きく視線に貼りついた。

「ここでやっと原籍地が分りましたから、京都の遺族宅に電話をしたわけですがね。そんなことで、われわれとしては地元の警察から依頼を受けてこちらに調べに来たんです」

「すると、名刺か何か入っていたんですか？」

「いいえ、そうじゃありません。死体の袂の中に、くしゃくしゃになっているこのホテルの名入りの伝票が入っていたんですよ。それでNホテルの宿泊人と分ったわけです」

「それでは、いつ、岸井さんは、そんなところに行ったんでしょうか？」

「分りません。いま、フロントでも訊いたのですが、昨日の午後二時ごろ、ホテルをひとりで出て行かれたそうですね」

そうだ、あれは二時ごろだった。叔父の信雄と車に乗って、早くホテルに電話をかけなければと、いらいらしながら時計を見たものだ。渋谷に降りて電話ボックスに入ったのが、たしか老人の外出後十分だった。

「あなたは、昨夜はどこに居ましたか？」

刑事は笑って麻佐子に訊いた。自分のアリバイを訊いたのだと思うと、麻佐子も気持がよくなかった。

「ずっと家に居ましたわ。午後三時ごろから」

「そうですか」

むろん、刑事は念のために質問したのであろう。別に麻佐子に疑いを抱いたわけではない。

時間のことを訊かれたので、麻佐子はふと、思いついて訊き返した。

「岸井さんは何時ごろに亡くなったんでしょうか？」

「向うからの連絡では、死後十時間ぐらいというんですがね。発見されたのが今日の午前九時ごろですから、昨夜の十一時前後ということになります」

昨夜の十一時？

その間、老人が生きていたとすれば、どこに居たのだろう？

麻佐子は、老人の声を自宅で聞いている。それは午後四時ごろだった。ひどくせかせかした声で、自分がいま居るところは都合で云えないと云った。そして、夕方の七時ごろにはホテルに帰るとも云った。

その午後四時から、死亡時刻の十一時までには七時間ある。

老人は東京都内で殺され、死体となって福島県下に運ばれたのだろうか。それとも生きたままそこに行き、現地で不幸な運命に遭ったのだろうか。

福島県須賀川というのはどういうところか、麻佐子には知識がない。いかなるわけで、そんなところで死体となっていたのか――。

「ホテルで聞くと、岸井さんは芦名という人から電話がかかって外出したそうですが、そういう電話をかける人に心当りがありますか」

「絶対にございません」

麻佐子は、テーブルの下の指を固く握りしめた。

「芦名という姓では、昨日の午後二時ごろかかっています。その後、二回目のほうは岸井さんが出て行ったあとでかかっている。これは今の説明で、あなただということが分りました。しかし、最初の電話は、それを聞いて岸井さんがホテルを出ているから、われわれとしては、重大なんですよ」

「…………」

麻佐子は返事しなかった。うかつにものを云うのが怖ろしい。

恐怖はもう一つ麻佐子にあった。昨日食堂で叔父の信雄を加えて岸井老人と会食したことだった。どういうわけか、刑事たちはそれを訊かない。いちばん突込みそうなところなのである。

フロントでは、そのことを刑事に云わなかったのかもしれない。ホテル側は、三人が食堂で飯を食ったのを気づいていないのかとも思われる。

あのときは席がほとんど一ぱいだった。外人客が多いホテルで混雑していた。勘定は叔父の信雄が払ったし、老人の伝票にはなっていない。

「大体、分りました」

しかし、刑事は一応それで納得した。

「また何かお尋ねすることがあるかもしれません。あなたのお宅に連絡します。それでいいですね？」

「結構です」

麻佐子は承諾するほかなかった。

警察から、そんな呼び出しがあれば、父母に知れる。両親に分れば、信雄にも話されるし、隆子にも分ってくる。そうなると、警察の電話一本で麻佐子の防衛が忽ち崩れる。しかし、それまでは何んとか自分の手で防いでいなければならない。あとのことは、ゆっくり考えることにしよう。

ジュースの代金は刑事が払ってくれた。

麻佐子は、頭が半分真空のような状態になりながら家に戻った。

岸井老人が殺されたことを隆子は知っていたのだろうか。

江里子はどうだろうか。

麻佐子は、江里子だけには電話をしたかった。彼女に電話をすれば、大体の様子が分ると思われた。

麻佐子は、江里子の家にすぐ電話してみたが、お手伝いさんが出てきて、いま留守だといった。行先は撮影所ということだった。

麻佐子は、江里子が不在だったので、かえってほっとした。やっぱり、あれはこちらから訊かないほうがいいと思う。いろいろ訊くと、ホテルで岸井老人と会ったことまで江里子に分りそうである。将来、それが明るみに出るとしても当分は隠しておきたい。

麻佐子の現在は、ふくれ上がってくるさまざまな悪い現象を手で抑えているような感じだった。今に、その抑えが利かなくなってくるかもしれない。

それにしても、岸井老人は、どうして福島県の須賀川というところで死体となっていたのか。

麻佐子は、時刻表の付録についている地図を開いてみた。たしかに須賀川という駅がある。福島の南のほうだ。白河《しらかわ》から三つ目か四つ目ぐらい北に当っている。

麻佐子は、そんな場所で岸井老人が死体となって発見される必然性を考えた。たとえば、都内で死体を棄てると発覚が早いから、犯人がずっと遠いところに運んで行ったということも考えられる。だが、それにしてはあまりにも遠すぎた。

なぜ、白河よりも向うの須賀川くんだりにまで老人を連行したのか。死体を運搬したのなら、なぜ、そんなところを択ぶ必要があったのか。

彼女は、本箱から『おくのほそ道』を取出した。急いで目次を見て、頁を繰った。

左に会津根高く、右に岩城・相馬・三春の庄、常陸・下野の地をさかひて、山つらなる。かげ沼と云所を行に、今日は空曇て物影うつらず。すか川の駅に等窮というものを尋て、四五日とどめらる。先「白河の関いかにこえつるや」と問。「長途のくるしみ、身心つかれ、且は風景に魂うばはれ、懐旧に腸を断て、はかばかしう思ひめぐらさず」

――「すか川」が、現在の須賀川であることはいうまでもない。

岸井老人の死は『おくのほそ道』に当っていた。

26

岸井老人の死は、翌朝の朝刊に案外短い記事で報道された。

東京の新聞に小さく出たのは、岸井老人が京都の人間だからであろう。また、死体発見の土地が福島県下であったことも東京の新聞を冷淡にさせたのかもしれない。

ただ、Nホテルの宿泊客という関係から記事になったように思える。

「七月二十八日午前九時ごろ、福島県岩瀬《いわせ》郡鏡田《かがみだ》村の田圃内で、七十歳くらいの男の絞殺死体を村民が発見、届け出た。須賀川署で検死したところ、死体は死後約十時間を経過しており、和服を着ていた。所持品により、被害者は数日前から東京Nホテルに投宿していた客と判って、須賀川署からの連絡で警視庁で同ホテルに問い合わせたところ、京都市上京区西陣××番地岸井亥之吉さん（七二）と判明した。岸井さんは骨董商をいとなんでいるかたわら金融業もやっていた。東京には商用で行ったと遺族宅ではいっているが、東京とは飛び離れた福島県下にどういう用で行っていたのか分らない。あるいは犯人がそこに岸井さんを連れ出したか、または東京都内で殺害し、死体をその地まで運んだとも見られ、目下、その経路を警視庁では須賀川署に協力して捜査中である」

記事の内容は、麻佐子がホテルで刑事から聞いたのと大差はない。ただ、死体発見の地名だけははっきりと書かれてあった。

この新聞記事は、隆子も江里子も読んだに相違なかった。どんな思いでこの記事に接したことであろう。

江里子は別として、隆子は、岸井老人の不慮の死から、警察の捜査の手が自分のほうに伸びてくるのを当惑しているに違いない。岸井老人が東京滞在中の行動を当局は徹底的に調べるに違いないから、関係者の身辺には参考人としての手が伸びる。それを隆子は怖れている。

警察に参考人として調べられると、隆子と岸井老人との金銭貸借関係が明るみに出る。すると、問題は単に金の貸借だけではなく、そのことから、なぜ店にそれほど金が必要かという点が夫の信雄に知れてくる。警察がくれば、隆子も夫に気づかれずに供述を済ませることはできない。

その金は、隆子が信雄には内緒で借りてきたものだ。仲介者は江里子だ。その辺に何とも知れない黒い雲が湧いている。隆子は、懸命にそれを夫に匿そうとしている。もし、警察が岸井老人との関係を隆子に訊きにくれば、彼女の秘密が夫の前に出てくる。隆子の怖れはそれだった。

それだけではない。警察では、多分、岸井老人が外出する前にホテルへかかった「芦名」という姓の電話を重視しているに違いない。麻佐子は、隆子を防衛するあまりに叔母のことを全然話していないが、いつか捜査の手が、その電話の追及から隆子のもとに届くかもしれない。いや、それは必至であろう。

そうなると、麻佐子が岸井老人をホテルにたびたび訪ねていたことも、信雄といっしょにホテルの食堂で会食したことも、みんな警察に分ってしまう。その際、もはや、知らぬ存ぜぬでは済まされないのだ。

麻佐子は、新聞に岸井老人の死体発見が報道された朝、心配と憂鬱で、その部屋から出ることができなかった。

隆子はどうしているだろうか。様子を知りたいのだが、電話をかけることもできない。また江里子に電話するのも怖ろしかった。麻佐子が岸井老人に接触していたことは江里子には匿していたことだし、余計なことをすると、それも彼女に察知されそうだ。

それと、もう一つの怖れは、江里子のもとに警察から捜査員が来ているかもしれないという予想であった。そんなとき、うかつに電話でもかけようものなら、こっちが疑われてしまう。

麻佐子の眼には、いま、全国の警察が犯人を求めて全力を挙げて捜査しているように映ってきた。

新聞記事にも、京都から商用で上京した岸井老人の東京での行動がよく分らない、と書いてある。これが目下警察の捜査の重点であろう。加害者を捜すには、まず被害者の行動の調査からはじまる。

それにしても、死体の発見場所が『おくのほそ道』に当っているというのはうす気味の悪いことだった。食堂でも岸井老人は、信雄と、この『おくのほそ道』について語り合ったばかりだ。もっとも、老人は北陸路を主に話していたが、老人自身が死んでいたのは、芭蕉が江戸を出て東北路に入ったばかりのところだ。

麻佐子は、新聞記事で死体の出たのが「岩瀬郡鏡田村」と初めて知ったが、芭蕉の紀行文には、その地名は出ていない。ただ「すか川の近く」とあるだけだ。

彼女は、『おくのほそ道』の註釈書を捜し出した。それで初めて「鏡田」という地名が芭蕉の書いた文章の「かげ沼」に当ることが分った。

その註釈書には、こんなふうに出ている。

「影沼は、須賀川と笠石の間にある新田で、近年は鏡沼または鏡田と呼んでいる。影沼というのは、昔の本に、空曇る日は物影見えず、遥かに望めば、水波茫々として望無涯、飛鳥影うつし、馬蹄波を払えり、とある。かげろひは、春夏の候に地の気温が上がって物影をうつす田間の悠気、とあるから、要するに、蜃気楼の現象と思える。これを往昔は遊糸といい、土地の者は、この野を名づけて影沼と云ったらしい。それで、芭蕉が、〝かげ沼と云所を行に、今日は空曇て物影うつらず〟と記したのであろう」

『おくのほそ道』が犯行現場に択ばれたのは偶然だろうか、それとも何かの必然があってのことだろうか。

もちろん、現在の限りでは、わざわざ犯人がそれを意識して、岸井老人を殺すのにその場所を択んだとは思えない。麻佐子が信雄といっしょに『おくのほそ道』に出発して以来、妙な因縁をひとりで感じているだけである。

信雄といえば、自分と同じ新聞記事を読んでいるはずだ。しかし、麻佐子は、老人を叔父に紹介したとき岸井とは云っていない。学校友だちの川崎という名前を使い、その祖父だと云ってある。だから、信雄は今朝の新聞を読んでも、直ぐには思い当らないであろう。だが、被害者がNホテルに泊っている客といい、和服を着ていたといい、年齢のことといい、いつ彼の疑問が起るか分らない。

あるいは信雄から問い合わせがあるかもしれない。その場合、どんなふうに返事をしたものか。

麻佐子は電話がかかってくるのが怕くなった。

昼をすぎて二時ごろ、お手伝いさんが麻佐子に来客を取次いだ。

丁度、母は外出していた。父は会社へ出て留守である。運んできた名刺を見て、麻佐子は顔色を変えた。肩書きが警視庁捜査課の巡査部長と巡査になっている。

いずれは来るだろうと思っていたが、案外に早かった。ホテルで訊かれただけではとても済むとは思っていなかったが、早くもやって来た。——

とにかく座敷に通させた。

母が居ないのはまだ幸いだった。居たら、警視庁から刑事が来たというので、どのようにおどろくか分らない。あとで根掘り葉掘り訊かれるに決っている。

どきどきする胸を無理に静めて麻佐子は座敷に入った。

昨日ホテルで会った刑事ふたりの顔が、卓の前に坐っている。

「昨日は失礼しました」

と、年配の刑事が云った。名刺には巡査部長斎藤稔治とあった。若いほうは桜井秀一とある。

「お嬢さん、昨日は失礼しました」

と、斎藤刑事は懐しそうに眼を細め、にこにこして挨拶した。世間馴れしたおじさん、という顔である。横の桜井刑事は、ここでも控え目である。万事は先輩に任せている恰好だ。

「今朝の新聞をごらんになりましたか？」

と、斎藤刑事は訊く。

「はい、見ました」

「あの通りです。いま、われわれは一生懸命に犯人を捜しているんですがね、まだ確かな手がかりがないのです」

「…………」

「というのは、岸井さんがホテルに泊ってからの行動は大体取れていますが、ただ、分らないのは二十七日午後二時から外出したあとですね。つまり、行方不明になってからの行動が全然取れないでいるのです。どういうわけで福島県のあんなところに死体となったのか、岸井さんが誰かといっしょにそこへ行ったのか、行ったとすれば、その足どりがどこかで取れるはずですが、何も出てこないのです」

「…………」

「もし、東京都内で殺されたとすれば、その場所が問題ですが、そこに行くまでの足どりも分っていない。岸井さんは、あの通り誰が見ても特徴がある。年寄だし、和服ですからね。今どき和服で歩いてる人はごく少ないわけですから、タクシーに乗っても、電車、バスを利用しても、誰かが目撃しておぼえていなければなりません。その目撃者が出てこない。ホテルを出たが最後、まるで煙のように消えた感じです」

「…………」

「そこで、やっぱり問題になるのは、岸井さんがホテルを出るちょっと前に、よそからかかってきた芦名さんという名前の電話ですがね。女の声でした」

やはり、そのことで来たのかと、麻佐子は緊張した。

捜査側では、その電話の声で老人が誘い出されたとみている。これは当然だ。麻佐子はホテルでの質問に、その電話には全く心おぼえがないと答えた。

刑事がここに改めて訪問したのは、そのことをもう一度確認したいためらしい。

麻佐子の心は決っていた。何と訊かれようと、叔母の名前を出してはならない。

「芦名という姓は大へん珍しいんですが、あなたのお母さんの義弟に当る方に、芦名信雄さんという方がおられますね？」

斎藤刑事は相変らず親しみのある笑顔で云った。

麻佐子はどきりとした。やっぱり分っている。おそらく、刑事は、あれから芦名の姓を求めて極力調べたに違いない。たとえば、電話帳を見ても、芦名信雄はちゃんと出ている。そこから手繰れば、麻佐子との関係も分ってくるわけだ。

しかし、これは当然予想しなければならないところだった。だが、いざ刑事の口から出ると、やはり麻佐子も動揺する。

「はい、います」

例の食堂の会食のことを訊かれるのではないかとひやひやしたが、刑事の質問は、いきなり叔母のことにふれた。

「その奥さんは、つまり、あなたには叔母さんに当る方ですが、芦名隆子さんですね？」

「はい」

「この方は、銀座で有名な洋装店を経営してらっしゃいますね？」

「はい、そうです」

「隆子さんは岸井さんとはどの程度に親しかったのですか？」

麻佐子の返事にためらいはなかった。

「いいえ、わたくしは存じません」

麻佐子はそう返事をしたものの、刑事の云う言葉が気にかかった。

隆子と岸井とはどの程度に親しかったのか、という質問である。これは、隆子と岸井との関係を警察のほうで知ったうえで訊いている。普通だと、そういう訊き方はしない。前提があるから、そういう質問のかたちになるのだ。

さすがは警察で、もう、そこまで調べているのかと思った。

「こういうことは、あなたに話していいかどうか」

と、斎藤刑事は云った。

「岸井さんは金融業をしているので、一応、取引関係を全部調べてみたのです。これは京都の警察でやったのですが、東京方面には、およそ十口ばかり貸借関係を持っていました。そのなかで、芦名隆子さん名義の借用証書が岸井さんの金庫の中に入っていました。日付はあんまり古くないんですがね。お二人の間は、それだけの関係でしょうか？」

「さあ、全然、わたくしには分りませんわ」

麻佐子は、刑事がこうして隆子のぐるりから傍証を固めているような気がした。

「そういうことは、直接ご本人に訊かれたほうがいいと思いますが、それはもう済んだのでしょうか？」

麻佐子は、なるべく隆子のほうに警察の手が向わないようにしているつもりだが、貸借関係の証書からいったとなれば、どうする術もない。あとは、警察が隆子にいろいろ訊問することで信雄との間が心配になるだけだった。

「いや、それは、まあ、いずれ……」

と、斎藤刑事は煙たそうな顔をして言葉を濁した。

その返事では、隆子が実際に警察から訊かれているのかどうかは分らない。しかし、いずれにしても、早晩、隆子がこの刑事から徹底的に訊かれることになろう。

このぶんなら、下沢江里子にも警察の追及がなされるか分らない。岸井老人の金庫の中にあるという東京方面の借用証書の中には、江里子のぶんも交っていると思う。

麻佐子は、今まで自分ひとりの力で警察からの攻撃を防げると思っていたが、こうなると、もう、自分だけではどうすることもできないのを知った。いや、かえって今度は、警察がどの程度にそちらのほうを調べているか、逆に訊きたくなる。

麻佐子に対する質問は、それだけで終った。江里子のことは、刑事たちは口に出さなかった。これも麻佐子には妙に不気味で、彼女が江里子のもとに行っていることを知っていながら、わざと黙っているような気がする。

「どうも、お邪魔をしました」

と、斎藤刑事はにこにこしてお辞儀をした。横の桜井刑事も頭を丁寧に下げた。

「また何かのことがあったら、おたずねに上がるかも分りません」

「わたくしではお役に立たないと思いますけれど、もし、そういう場合は、電話であらかじめおっしゃっていただきたいんです」

麻佐子は、言外に家に来てもらいたくないことをほのめかした。

「承知いたしました」

こちらの真意が分ったかどうか、とにかく斎藤刑事はうなずいた。

麻佐子は、刑事ふたりを見送ったあと、やりきれない気分に襲われた。だんだんに隆子の危機が迫って行くような気がする。

警察では岸井老人を殺した人間を、その貸借関係から割出しているような感じがする。老人を殺したところで、証書が残っている限り、支払いが帳消しになるわけではないが、老人が金融業という名の高利貸であるため、やはり貸借関係の縺れを常識的に考え、そこから割出しているようである。そうすると、隆子などは、その借りた金に謎があるから、警察からよけいに疑われるのではなかろうか。

隆子が岸井老人のところに行って借金をしたことは、夫の信雄も知らないし、支配人格の杉村もはっきり分っていない。隆子ひとりの考えであった。

しかも、その帰りには湯河原に隆子は泊っている。いまわしい疑惑は、そこから起っているのだ。警察の追及となれば、そんなところまで暴かれるのではなかろうか。

警察では老人がホテルを出てから煙のように消えたと思っているが、麻佐子は老人からの電話で都内のどこかに居たことを知っている。

あれは、東京都内の何処からだったのだろう？

27

岸井老人の電話は午後四時ごろだった。麻佐子がNホテルを信雄といっしょに出た直後に老人もホテルを出たのだから、約二時間後にその電話が麻佐子の自宅にあったわけだ。その二時間、老人はどこで何をして居たのか。

老人の死体が発見された福島県鏡田は、東京からどれくらいの距離があるだろうか。

麻佐子は、その見当をつけるため時刻表を取り出した。すると、上野から須賀川まで二一五キロある。これは鉄道線路に沿った直線距離だから道路となると、もっと長いに違いない、時間にしても汽車では特急で須賀川まで二時間半かかる。

したがって、老人がホテルを出てすぐに須賀川まで連れ出されたとしても、須賀川附近からかかった電話ではない。時間的にも、それは証明される。

もし、老人が都内で相手の手に落ちたとしても、あの四時の電話のころはまだ自由だったのだ。自由があったからこそ麻佐子にその電話がかけられた。ただし、老人の声は切迫した状態を告げていた。「いまは時間がないさかいに」と云ったのは、そのことを指す。

新聞に出ている岸井老人の死亡時刻は午後十一時前後とあった。電話をかけたのち約七時間ほど、老人はどこかで生きていたわけである。そこが問題で、東京都内で生きていたのか、あるいは福島県下に連れて行かれて生きていたのか——警察でも、この点を重視しているに違いない。

麻佐子は、距離を調べるために時刻表を見たのだが、「須賀川」という駅名を眺めているうちに、自分もそこに行ってみたくなった。二時間半とはちょっとした距離だが、明日の朝早く東京を発てば、日帰りできないことはない。

七時三三分の上野発は「はつかり」という特急だ。須賀川駅は通過して郡山《こおりやま》着一〇時一六分。須賀川は、そこから僅か二駅手前である。

麻佐子は、岸井老人の死が、なんだか自分のために起ったような気がしてならない。こちらの頼んだことを調査しているうちに向うの魔手にかかったように思える。だから、老人の死体が発見された土地を訪れ、その冥福を祈りたかった。せめて、花束くらいはそっと置いて来たいのである。

もう一つは、東京に一日でも居たくなかった。警察からの調べが、必ず叔母の隆子のところに行っているに違いない。隆子のところに警官が訊問に行けば、叔父の信雄にも分ってくる。そんなことを考えると、叔父夫婦のトラブルから脱け出したいのである。いつ、隆子なり、信雄なりから電話がかかってくるか分らないのだ。

しかし、その日の夕方になっても、麻佐子の怖れていた電話はなかった。隆子も、信雄も、下沢江里子も電話をしてこなかった。

麻佐子はほっとしたが、明日のことは分らない。いや、明日はきっと電話があるだろう。それから逃げ出したかった。

夜帰ってきた母には、むろん、警察が来たことは云わなかった。

「明日早く郡山に行って来ますわ」

「郡山に？　どうして、そんなところに行くの？」

母はびっくりした。

「学校のお友だちが結婚をするので、その式にぜひにと呼ばれていますの。泊りはしませんわ。幸い昼間の御披露らしいから、朝早く行って、その日のうちに帰ります。少し遅くなるけれど、いいでしょ？」

母は、麻佐子が泊らないと云ったものだから、思ったより簡単に許可してくれた。

「その方、どんな人？」

と、いろいろ訊かれたのには弱ったが、適当に苦しい嘘をついた。

「あなたの学校時代のお友だちも、ぼつぼつ結婚ね。他人ごとではありませんよ」

「わたしなんか、まだ先にしていただきますわ」

「あんまりのんびりとしていても、先に行って困りますよ」

母は、麻佐子の旅行の目的よりも、そちらに関心を移していた。

夜も隆子か江里子から電話があるかもしれないと、ひやひやしていたが、それはなかった。

「明日の朝は早いから、もし、わたしに電話があっても、お断りしといて下さい」

と、母に予防線を張って床に入った。

しかし、寝就かれなかった。いろいろなことが頭の中に泛んでくる。気を紛らわすために雑誌を読んだが、活字の間からぐるぐると同じ想像が湧き上がってきて、文章が少しも心の中に入ってこない。

麻佐子は、その夜、夢をみた。――老人が五、六人の男に取囲まれて、東京の場末の町を歩いている光景だった。むろん、どこの町だか分りようはない。和服の岸井老人は、うしろから小突かれながら、よろよろと足を運んでいるのである。麻佐子は、それを立って見ているのだが、老人は少しもこっちを振り向いてくれなかった。

七時三三分というのは早い汽車だ。上野駅に七時半までに駆けつけるには、家を六時半に出なければならなかった。

切符はすぐに買えた。

列車が上野駅を出ると、沿線の家は、もう窓や戸をあけていた。勤め人が踏切に溜っている。

車中の二時間半は退屈でないこともなかった。前に叔父の信雄と来たときと同じ線なので、見おぼえのあるかたちの山や、川にときどき出遇う。

――今度の事件の発端は、『おくのほそ道』から始まったような気がしてならない。別に理由のないことだが、老人の死体の発見された現場が、同じ『おくのほそ道』の道中に当っているせいだろう。不思議なことである。偶然にしても奇妙な気持だった。

列車に乗って分ったのだが、もし、老人が誰かに連行されたとすると、とても、この長い時間、他人に気づかれないで済むわけはないと思った。朝の早いこの列車は、仙台行の旅客が多い。長い車中で老人の不自然な素振りに気づかぬ者はあるまい。

それなら、岸井老人は自主的に、その須賀川まで行ったのだろうか。

（いやいや、それは考えられない。いくら自分が頼んだ調査とはいえ、須賀川調査とは結びつかない）

やはり老人は東京都内で殺され、車で現地に運ばれた可能性が大きくなる。

午後十一時に絞殺されたとしても、それから車で東北自動車道を走れば、三時間くらいで現地に着くのではあるまいか。夜は車の通行も少ないし、スピードも出せる。

その車は、現地の田圃に老人の遺体を置いて東京都内に引返す。近ごろは夜間の車の通行も多いので、途中の駐在巡査に怪しまれることもない。すると、運んだ車が問題である。普通のハイヤーやタクシーなどといった営業車では、すぐに足がつく。運転手の協力がない限り、その不自然な客の行動は、届け出られるに違いないからである。

車！

麻佐子は、北星交通のことが眼の前に大きく泛んだ。車にはことを欠かない会社だ。運転だって必ずしも運転手がやるとは限らない。

もし、この想像が当っているなら、岸井老人は、隆子の関係から北星交通の社長横山道太の線にたどり着き、そこで罠にかかったのではあるまいか。

麻佐子の頭には、いやな想像が蘇ってくる。京都からの帰りに湯河原で降りた隆子、その泊っている宿に夜遅く訪れてきた北星交通の横山社長、そして、その横山と一つ部屋にいた下沢江里子——隆子に岸井老人が金を貸したのも江里子の紹介からだ。

この三人の間に何かがある。何だろう？　隆子は金に困って岸井老人から融通をうけた。それを江里子が世話したという、単なる貸借関係ではない。もっと自分には想像できない何かがある。そして、依然として謎なのは、繁栄している経営にもかかわらず、隆子が資金の欠乏に当面していたということである。そこが、この問題の根本の鍵だ。

現に、老人はそれを発見しようとした。ホテルで呉れたメモの中にも、隆子の店の経営が意外に悪いことが書かれてあった。なぜ、経営が悪くなったのか。原因には人の知らない何かがある。

考えているうちに昨夜の寝不足でうとうとしたり、気分を紛らわすために本を読んだりして、ようやくのことで郡山に着いた。須賀川駅は、通過したとき見たのだが、思ったよりは沿線に家が密集していた。

郡山の駅前からタクシーを拾った。

「鏡田というところに行きたいのですが」

「鏡田。へい、分りました」

この辺のタクシーの運転手にとっては始終行っているところだろう。

麻佐子は、車に乗る前に、駅前の花屋で小さな花の束を買っていた。あんまり大げさだと目に立つので、小ぢんまりとしたものを求めた。それをいま膝の上に抱えている。

道は平坦だったが、次第に山が近づいてきた。

「この道は奥州街道です」

と、運転手はよそからきた麻佐子に説明した。

「昔は、ここを通って伊達公も参覲交代をしたものです。そうそう、それに、芭蕉も『おくのほそ道』では、やはり、この道を歩いています」

『おくのほそ道』はもう結構だと、麻佐子は云いたくなった。

一面の青田にはまぶしい陽がそそぎ、ところどころ、農夫が除草機を転がしていた。

「鏡田は、どの辺でしょうか？」

運転手が振り返った。

麻佐子は答に窮した。まさか直接に殺人現場へ連れて行ってくれとは云えなかった。

「もう、ここが鏡田ですの？」

「そうです」

広い田の涯には農家がかたまって、山の麓まで散在していた。

「最近、この辺で人が亡くなったでしょ？」

そういう訊き方をした。

「さあ、どの家でしょうか？」

「いいえ、そうじゃないんです……」

そこまで云ったとき、運転手も気づいた。

「ああ、お年寄が殺されたところですね」

麻佐子は唾を呑んだ声で、ええ、と云った。

「それは、すぐそこですが……ほれ、あそこに雑木林が見えるでしょう。あの中ですよ。……お嬢さんは、そのお年寄の身内の方なんですか？」

「そう……そうなのよ」

運転手は同情した。急に親切になり、雑木林の見える近くの道で車を停めた。そこから先は車が入らない村道である。下は小石を敷いたばかりで、歩きにくかった。麻佐子は、運転手を待たせて、その道を歩いたが、林を目指しながら、犯人も今タクシーを停めたところに車を停め、生きているなら老人を歩ませ、殺しているなら死体を運び、同じこの道を通ったに違いないと思った。昼間見ても農家がちらほら見えるだけで、一面の田圃だった。おそらく、夜は無人の深い闇だったに違いない。

木立の中に入ると、蔭が掩い、青田を渡ってくる風が涼しかった。地面はかなり茂った雑草になっていた。その雑草の中に杭があり、それに括られた縄の端が残っている。麻佐子は、老人の死体が発見されたとき、警察が現場保存のために縄張りをしたのだと思った。してみると、この辺に岸井老人の遺体があったわけだ。

麻佐子は、そこに花束を静かに置いた。膝を折って手を合わせた。

岸井老人の顔が泛んでくる。鶴のように痩せた身体に、骨張った顔だった。眼が大きく、笑うと親しげな表情になる。金融業とか金貸とかいう職業からは想像できない人柄であった。京都弁もやさしかったのである。

（岸井さん、ご免なさい。ほんとにご免なさい）

と、麻佐子は手を合わせながら詫びを云った。

（わたしのために、こんな最期を遂げられて、ほんとに申しわけありません。東京からここまであなたに会いに参りました。……一日も早く犯人があがるように祈っています。こんな場所で眠られるのは、さぞかし不本意だと思いますが、どうか、犯人があがるまでは辛抱して下さい）

麻佐子は手を合わせつづけた。岸井老人のことを想いつづけていると、自分の周囲が全然意識から遠のいた。彼女の身体一メートル平方以外は全くの真空であった。麻佐子がふと現実に返ったのは、耳に靴音を聞いたからだった。うしろのほうから、その音が歩いて来ている。

そう気づいたときは、もう声をかけられていた。

「もしもし」

男の声だったので、はっとなって振り向くと、駐在巡査が遠慮そうに立っていた。五十近い顔だったが、麻佐子と顔を合わせると、わざわざ挙手の礼をしてくれた。

「御遺族の方でいらっしゃいますか？」

麻佐子は起ち上がった。

「いいえ、遺族ではありませんが、故人とは知り合いの者です」

「ああ、そうですか」

駐在巡査は、麻佐子の献げた花束に眼を止めて、

「京都からいらしたんですか？」

と訊いた。

「いいえ、東京ですわ」

「ああ、東京ですか」

この東京ですかという言葉には、老人が東京からここに運ばれたという知識が巡査にあって、それですぐに納得したという響きがあった。

巡査は、田舎の駐在所によく見かけるような、体格のいい、人の良さそうな人物だった。

「わたくしは新聞でしか岸井さんの遺体発見のことを知りませんが、もし、ご存じでしたら、詳しく教えていただけませんか」

と、麻佐子は云った。いいところに警察の人が来てくれたものである。

「発見は朝の九時ごろでした。こういう場所ですから、ちょっと村の者も気がつかなかったのです。朝早く傍の道を通っている者は何人もいたんですがね」

と、巡査は話しはじめた。

「仏さんは俯伏せになって置かれていました。頸には索条溝が痛ましくついていました。どう考えても、ここが現場ではないというのが警察の一致した意見です。なぜかというと、草むらは少しも荒れていませんでした。もし、生きていた人間が殺されたとすれば、抵抗するはずですから、どうしても草が倒れていなければなりません。で、死体は、車であそこまで持ってきて……」

と、巡査は田を越した道に指をあげたが、そこには麻佐子の待たしているタクシーが停っていた。

「そうそう、あの車の停っているあたりに、多分、犯人も車を停めて、それから遺体をここまで運んできたと推定されるのです。お年寄だから体重も軽いので、一人でも担げると思いますが、まあ、車で来たのだから、二人以上で抱えてきたという推定が強いようです。ところが、残念なことに、歩いた道は小石を敷き詰めたばかりです。それで、全然足跡が採れないのです。これがほかの道のように悪路だと、足跡がつくのですがね。ですから犯人の人数は取れないのですよ」

「車の停ったところに、タイヤの跡とか、そういうものは無かったのですか？」

「あいにくと一週間前から旱魃《ひでり》つづきでしてね。地面がカチカチに固くなっているので、タイヤの跡とか、そういうものは残ってないのです。それに、発見が九時ごろというのが、残念でした。警察が検視にきたのが十時すぎで、もう、そのころは、あの道をかなり多くの車が走っているので、埃は立つし、全く見分けがつかなくなりました」

麻佐子は溜息をついて、青い田の面を見渡した。

夏の烈しい陽は、相変らず降りつづいている。遠くには強い光の粒が燦めいて霞んでいた。

麻佐子は、ここが昔の「かげ沼」という地名であることから、山裾と野の涯に犯罪のかげろいを望んだ。——

一九八四年八月　講談社文庫刊

※本文中に「看護婦」「人夫」「外人客」などの呼称・用語や、比喩として「気が変になって」「顔つきだってまるでお百姓さんみたい」「市長の家柄は、むかし百石足らずの軽輩だった」など、おもに職業や出自に関して、今日の観点からすると不快・不適切とされる表現が用いられています。しかしながら編集部では、一九六五年（昭和四十年）に成立した本作の、物語の根幹に関わる設定と、当時の時代背景、および作者がすでに故人であることを考慮した上で、これらの表現についても底本のままとしました。それが今日ある人権侵害や差別問題を考える手がかりになり、ひいては作品の歴史的価値および文学的価値を尊重することにつながると判断したものです。差別の助長を意図するものではないということを、ご理解ください。

【編集部】

光文社文庫

長編推理小説
殺人行《さつじんこう》おくのほそ道《みち》（上） 松本清張《まつもとせいちょう》プレミアム・ミステリー
著　者　松《まつ》　本《もと》　清《せい》　張《ちょう》

2018年8月20日　初版1刷発行

発行者　鈴　木　広　和
印　刷　堀　内　印　刷
製　本　榎　本　製　本

発行所　株式会社　光　文　社
〒112-8011　東京都文京区音羽1-16-6
電話（03）5395-8149　編　集　部
8116　書籍販売部
8125　業　務　部

© Seichō Matsumoto 2018
落丁本・乱丁本は業務部にご連絡くだされば、お取替えいたします。

ISBN978-4-334-77703-6　Printed in Japan

R <日本複製権センター委託出版物>
本書の無断複写複製（コピー）は著作権法上での例外を除き禁じられています。本書をコピーされる場合は、そのつど事前に、日本複製権センター（☎03-3401-2382、e-mail : jrrc_info@jrrc.or.jp）の許諾を得てください。

組版　萩原印刷

本書の電子化は私的使用に限り、著作権法上認められています。ただし代行業者等の第三者による電子データ化及び電子書籍化は、いかなる場合も認められておりません。